여행사 직원
훔쳐보기

여행사
직원은
무슨 일을
할까

여행사 직원은 무슨 일을 할까

초판인쇄	2020년 05월 04일
초판발행	2020년 05월 11일
지은이	김다은
발행인	조현수
펴낸곳	도서출판 프로방스
마케팅	최관호
IT 마케팅	조용재
디자인 디렉터	오종국 Design CREO
ADD	경기도 고양시 일산동구 백석2동 1301-2
	넥스빌오피스텔 704호
전화	031-925-5366~7
팩스	031-925-5368
이메일	provence70@naver.com
등록번호	제2016-000126호
등록	2016년 06월 23일
ISBN	979-11-6480-054-4 03810

정가 15,800원

파본은 구입처나 본사에서 교환해드립니다.

여행사 직원
훔쳐보기

여행사
직원은
무슨 일을
할까

김다은 지음

P. 프로방스

"여행사 취업을 하고 싶은데 여행사 다녀본 분이
쓴 책은 없나요?"

아무리 찾아봐도 온통 대학 전공 책만 나오고
현실적인 조언을 들을 수 있는 책이 없다며 아쉬워하는 한 커뮤니티
의 글이었습니다. 또 한 사람은 "여행사OP로 취업을 하려면 OP자
격증을 필수로 따야 하나요?"라는 질문도 했습니다. OP가 되기 위
해 반드시 따야하는 자격증은 없는데 말이죠. 그 때 결심했습니다.
사람들에게 혼동을 주는 상업적인 광고 속에서 길을 잃지 않도록 실
질적으로 도움을 줄 수 있는 책을 쓰자.

사실 여행사에 취업을 하는 것은 쉽습니다. 실무 또한 하다보면 알
게되는 반복적인 업무가 많습니다. 하지만 진입 장벽이 낮다고 일이
만만한 것은 절대 아닙니다. 이 책을 읽는 독자 중에는 최소한 "내가

생각한 것과는 다르네.", "여행사 다니면 여행 많이 다닐 수 있을 줄 알았는데 아니네." 라는 이유로 조기 퇴사하는 일은 없었으면 좋겠습니다.

이 책에는 여행사에 취업하면 다루게 될 실무와 제가 일하면서 겪었던 실제 사례를 바탕으로 많은 이야기를 담았습니다. 이 책을 읽고 난 뒤에도 여행 일에 흥미를 잃지 않았다면 여러분은 반드시 여행사에 취업하고 나서도 실무에 잘 적응해나갈 수 있을 것입니다.

취업 준비생 뿐 아니라 지금 여행사에 근무하는 신입직원에게도 이 책은 도움이 될 것입니다. 일을 하다 모르는 것이 있는데 선배는 바쁘고 물어볼 곳은 없는 그런 경험, 저도 있었습니다. 제가 겪었던 실수를 여러분은 하지 않도록 부끄럽지만 각 챕터마다 제 실수담을 써놓았습니다.

만약 여행사 취업에 대한 정보가 없어서 학원 사이트를 둘러보고 있다면 우선 이 책을 읽어보라고 권하고 싶습니다. 학원을 가지 말라는 것이 아니라, 학원에서 배우면 좋을 내용과 독학으로도 충분히 공부할 수 있는 내용을 구분해서 효율성 있게 시간과 돈을 소비하라고 권하고 싶기 때문입니다. 저 또한 학원을 다녀봤기 때문에 장, 단점을 비교해서 말씀드릴 수 있습니다.

CHAPTER 1 에서는 구체적으로 어떤 부분을 학원에서 배우면 좋은지, 어떤 부분을 독학으로 공부하면 좋은지에 대해 설명할 예정이고, CHAPTER 2 에서는 여행상품구조의 이해와 자유여행과 패키지여행 상담 팁을 담은 다년간의 노하우를 공유할 예정입니다.

CHAPTER 3 에서는 여행지별 여행하기 좋은 시기와 고객의 목적에 맞게 추천하면 좋은 여행지에 대해서 소개를 하며 더불어 특별한 여행을 찾는 고객에게 소개하면 좋을 여행들도 다 알려드릴 것입니다. 마지막으로 CHAPTER 4 에서는 실무에 100% 도움을 줄 수 있는 실무용어모음부터 알아두면 좋은 사소한 꿀팁까지 정리를 해보았습니다.

이 책을 탈고하며 저 또한 많은 공부가 되었습니다. 나중에는 여러분에게 제가 배울 수 있는 날이 오기를 바라면서 같이 성장하며 여행업계의 밝은 미래를 이끌어 나갔으면 좋겠습니다. 환영합니다.

2020년 2월 어느 날

저자 김다은

이 책 에서는요.

여행사 취업을 하고 싶은데 무슨 일을 하는 직업인지 알아보고 싶은 분들을 위해 여행사 직원이 되면 하게 될 실무에 대해 전반적으로 설명합니다. 취업 학원에 다니기를 고민하고 있다면 그 전에 이 책을 먼저 읽어보기를 바랍니다.

또한 이미 여행사에 다니고 있지만 실무에 대한 공부가 필요하다고 생각하는 분들을 위해 제가 직접 필드에서 활동해온 다양한 사례를 바탕으로 활용도가 높은 내용을 담았습니다.

이 책을 읽으면 좋을 분들.

여행사 취업을 희망하는 **취업준비생**

여행사 업무에 관심 있는 **관광학교&학과 재학생**

이미 여행사에 다니고 있지만 여행업무가 어려운 **신입직원**

여행사에 합격하고 입사날짜를 기다리고 있는 **예비신입직원**

여행사는 차렸지만 막상 **실무는 잘 모르는 사장님**

1인 여행사 창업을 희망하는 **예비 사장님**

Contents | **차례**

02 | CHAPTER _ 02
손님에게 신뢰받는 여행상담의 기술

03 | CHAPTER _ 03
베테랑 컨설턴트의 여행지 추천비법

04 | CHAPTER _04
실무에 무조건 도움이 되는 것들

여행사직원들이 출근해서
어떤 일을 하는지 시간대별로 정리한
'하루일과 훔쳐보기'

01 | CHAPTER _ 01
여행사 직원은
무슨 일을 할까?

해외여행 인솔 중 만난 아름다운 노을, 운이 참 좋다. in Vienna

여행사에 입사하게 된다면 어떤 일을 하게 되나요?

여행사   취업을 준비하며 가장 궁금한 것은 "여행사 직원은 무슨 일을 하는 사람일까?"라는 질문일 것이다. 실제로 면접 때 회사에 대해 궁금한 것이 있냐고 물어보면 "제가 회사에 입사하게 된다면 어떤 일을 하게 되나요?"라는 질문을 많이 받는다. 면접자들에게는 상당히 궁금한 이야기다. 그래서 이번 챕터에서는 여행사직원들이 출근해서 어떤 일을 하는지 시간대별로 정리한 '하루일과 훔쳐보기'를 준비했다.

인터넷에   '여행사 취업'이라고 검색을 하면 학원 홍보글이 넘쳐나는데 여기서 사람들이 혼동하기 시작한다. "따라는 자격증은 많은데 뭘 따야하고 이 자격증을 따려면 꼭 학원에 다녀야하나?" 결론은 아니다. 취업 시 우대받는 자격증은 독학으로도 충분히 취득이 가능하다. 그렇다면 학원이 무조건 필요 없는 걸까? 물론 장점도 있다. 학원을 다니면 같은 반에서 공부한 동기들이 생긴다. 그 동기들이 나중에 다른 여행사 직원으로 취직을 한다면 업계에 아는 사람도 생기고 정보공유도 할 수 있다.

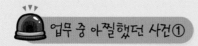

손님이 핸드폰을 도둑맞았다

　　대학생 해외문화탐방 인솔자로 나섰을 때의 일이다. 이태리 로마에서 각자 자유 시간을 가졌는데 시내버스에서 정신없이 내리는 틈을 타 도둑이 한 학생의 핸드폰을 훔쳐간 것이다. 이런 경우를 대비해 출국 전에 여행자보험을 가입해야한다. 만약 단체여행에서 담당자 실수로 보험가입을 하지 않았다면 그것은 온전히 여행사 책임이다.

　그 학생과 함께 현지 경찰서에 가서 'POLICE REPORT' 라는 서류를 작성했다. 그 외 청구와 보상 등 세부적인 절차는 여행객 본인, 보험금 신청자 본인이 진행해야한다.

　보험사는 물건을 '분실' 한 것이 아니라 '도난' 을 당했을 때 보상을 해준다. 본인 부주의로 분실한 것은 보험사에서 보상 의무가 없기 때문이다. 또한 값에 대해 정확히 증빙하기가 어려운 현금이나 상품권, 유레일패스 같은 유가증권은 보상받기가 사실상 어렵다.

여행자보험은 자기부담금을 제외하고 물건 1개당 최대 20만원까지만 보상을 해준다. 100만 원짜리 물건을 잃어버려도 최대 20만원까지만 받을 수 있는 것이다.

참고로 체코는 외국인의 여행자보험이 선택이 아닌 필수이고, 불시검문이 있을 때 영문여행자보험을 소지하지 않으면 문제가 될 수 있다.

다행히 그 학생의 보험금 청구는 어렵지 않게 진행되어 일부 보상을 받았지만 그 핸드폰은 물론이거니와 핸드폰으로 찍은 사진들은 안타깝게도 찾지 못했다. 여러분이 만약 해외여행인솔자로서 출장을 가게 된다면 이렇게 비상 상황이 생길 것을 염두에 두어야 한다. 또한 출장을 가지 않더라도 손님이 보험금청구에 대해 문의를 하면 기본적인 안내를 해서 손님이 보험사에 연락할 수 있도록 조치를 취해야한다.

01

여행사 취업학원을
다닐 필요 없는 이유

민간자격증은 의미가 없다.

취업을 목적으로 학원을 알아볼 때 학원에서 운영하는 공식 홈페이지를 참조하게 될 것이다. 그럴듯하게 꾸며놓은 화면과 자격증을 취득할 수 있다는 문구를 보고 많은 신임을 갖게 된다. 하지만 여행사들은 이력서를 볼 때 학원에서 발행하는 이 민간자격증을 눈여겨보지는 않는다. 능력을 인정받아서 받는 자격증이라기보다는 해당 학원에서 진행하는 교육을 수료했다는 수료증에 불과하기 때문이다. 공부를 끝냈다는 것에 대한 상징적인 의미와 뿌듯함을 갖게 해주는 것은 맞지만 혹여나 "이 자격증을 따면 취업에 도움이 되지 않을까?"라는 마음을 가지고 있다면 차라리 '항공 CRS 자격증'을 딸 것을 추천한다. 항공 CRS 자격증 또한 민간자격증이지만 오퍼레이터(OP)자격증처럼 학원 자체에서 만든 자격증과는 다르다.

CRS는 'Computer Reservation System'의 약자로 여행사가 필수로 사용하는 예약 시스템이다. 대표적으로 '토파스 셀커넥 (Topas Sellconnect) - 이하 토파스'와 '아시아나 세이버(Asiana Sabre) - 이하 세이버'가 있다. 이 시스템들을 숙련된 능력으로 다루라는 것이 아니라 기본개념을 알고 모르고의 차이가 크기 때문에 민간 자격증을 따려거든 이 CRS 자격증 취득을 목표로 하는 게 낫다는 뜻이다. 어차피 신입직원에게 CRS를 숙련되게 다루는 것을 기대하지도 않는다.

다시 설명하자면 OP자격증이라는 것은 없다. 학원에서 홍보차원에서 만들어낸 학원 내 수료증 개념으로 '자격증'이라는 단어에서 주는 상징적인 의미에 혼돈이 없기를 바란다. 관광통역안내사로 활동하기 위해서는 '관광통역안내사 자격증'이 필요하고 국외여행인솔자로 근무하기 위해서는 '국외여행인솔 자격증'이 필요한 반면, 여행사OP로 취직하기 위해 반드시 통과해야만 하는 자격시험은 없다. 위에 설명한 CRS 자격증 또한 마찬가지다. 취업할 때 토익(TOEIC) 점수를 기재하는 것과 같이 필수사항이 아닌 우대사항이다. '취득하면 좋은 것'과 '취득해야만 하는 것'은 엄연히 다르다. 하지만 내가 면접관이라면 항공 CRS 자격증을 가지고 있는 사람을 채용하겠다.

학원에 가면 배우게 되는 대표 수업 3가지

여러분이 학원에 간다고 가정을 해보자. 기본적으로 1차 상담을 통해 희망 취업 분야에 맞는 강의를 추천받게 되는데 여행사 오퍼레이터(OP), 여행사 항공부서, 랜드사OP 정도로 나눠진다. 간단하게 설명하면 여행사 OP는 여행사 사무직으로, 여행 상담을 도와주며 상품관리를 하는 사람이고 항공부서는 여행사 내에서 항공 업무만을 전담하는 곳이다. 항공 부서에 가려면 CRS 예약 뿐 아니라 발권 기능까지 공부해야 한다. 그리고 랜드사OP는 랜드사에서 여행사를 상대로 사무를 보는 사람이다. 랜드사란 여행사와 협력관계로 대부분의 여행사는 랜드사로부터 상품을 공급받아 판매한다. 랜드사 OP는 해외 지역으로 파견되어 근무를 하는 경우도 있지만 대부분 한국 사무실에서 근무한다. 랜드사에 대한 자세한 설명은 이후 다시 할 예정이니 지금은 여행사OP반에서 배우는 내용을 중점적으로 이야기해보겠다.

여행사 취업학원에서는 OP분야에 있어 크게 3가지로 나눠서 수업을 진행한다.

1. 항공 CRS 자격증 취득
2. 여행사 OP 실무 이론 교육
3. 실습(여행 상품 기획)

■ 항공 CRS 자격증 취득

항공 CRS는 취업 시에도, 취업 후에도 100% 도움이 되기 때문에 미리 준비하는 것이 큰 도움이 된다. 정부에서 지원금을 주는 국비지원을 신청하면 저렴한 비용 또는 전액지원으로 학원을 다닐 수 있다. 항공사 지상직 취업에 필요한 DCS(Departure Control System) 자격증 또한 국비지원으로 학원 수강을 할 수 있다. 국비지원이 되는 학원은 아래 직업훈련포털 HRD-NET에서 지역과 교육과정 명을 입력하면 쉽게 찾을 수 있다.

직업훈련포털 HRD-NET http://hrd.go.kr/

국비지원으로 오프라인 수업을 진행하는 학원은 대부분 서울, 경기, 부산 등 큰 도시 위주로 위치해 있어서 어떤 이들에게는 거리적 부담이 있다. 감사하게도 토파스와 세이버 모두 온라인으로 수강을 하는 'e-Learning 프로그램'을 진행하고 있고 과정별 7만원의 저렴한 비용으로 들을 수 있다. 한 달 정도 소요가 되는 일정이기 때문에 장소와 시간적인 부담도 적어 본인의 상황에 맞게 온라인 수업을 신청해보는 것도 좋은 방법이다. 실제로 내가 다니는 여행사의 후배 직원(OP) 또한 온라인으로 수업을 듣고 독학으로 시험 본 뒤 수료증까지 발급받아서 지금까지 잘 활용하고 있다.

토파스 셀커넥 교육 프로그램 https://edu.topasweb.com/
아시아나 세이버 교육 프로그램 https://www.asianasabre.co.kr/
Education

여력이 된다면 토파스와 세이버 2가지 CRS를 다 공부하면 좋지만 항공 CRS는 입력되는 지시어의 차이일 뿐 기본 개념과 원리는 비슷하기 때문에 한 가지 시스템을 꼼꼼히 공부하고 나머지 항공 시스템은 지시어만 잘 정리해두면 된다. 참고로 여행사마다 사용하는 CRS는 다른데 내가 다니는 여행사는 토파스와 세이버를 둘 다 사용한다. 매월 사용료를 내야하기 때문에 중소여행사는 1개만 사용하는 곳도 많다.

■ 여행사 OP 실무 이론 교육

다음으로는 여행사 OP의 실무 이론교육이다. 이론교육의 주목적은 여행사 업무의 흐름과 OP의 역할에 대해 이해하고 각 여행지역과 상품별 특징을 파악하는 것이다. 사람들은 여행을 갈 때 패키지 또는 자유여행으로 여행 방식을 정하게 되는데 아직까지 대부분의 여행사는 자유여행보다는 패키지여행 상품을 위주로 판매하고 있다. 여행사에서는 여행객들의 니즈에 발맞춰 다양한 패키지 상품들을 만들고 보다 합리적인 가격으로 서비스를 제공하려 노력한다. 대대적인 온라인 마케팅과 홈쇼핑 등으로 수천만 원 단위의 광고금액이 빠져나가는 만큼 콜 수가 늘어간다. 그렇게 걸려오는 전화를 콜센터처럼 응대하는 것이 여행사OP의 주 업무라고 할 수 있다. "에게, 전화 받는 게 주 업무? 재미없어!" 라고 생각할 수 있지만 그게 OP의 일이다. 콜센터 업무와 동시에 여러분이 상상하는 것 이상으로 해야 할 일이 많다. 서류작업, 항공확인, 비자확인, 행사정리, 정산, 출발 팀 공항미팅 준비, 홈페이지 상품등록, 여행안내문 발송 등의 업무를 하는데 그러는 중간 중간 계속 전화는 온다. 그만큼 멀티태스킹이 가능해야 여행사OP일을 할 수 있다.

학원에서는 여행업의 역사부터 시작해서 여행 상품 분석, 여행 지역별 상담방법, 정산서 작성방법 등을 배우게 되는데 이 책을 통해 굳이 학원을 가지 않아도 알 수 있게끔 실무에 필요한 아주 세세한 내용까지 설명을 하려한다. 여행사에 취업하고 실무에 투입되었을 때도 이 책을 펼쳐보면 도움이 될 수 있게끔 활용도 높은 내용들을 위주로 다룰 예정이니 앞으로 천천히 실무를 알아가 보도록 하자.

마지막으로 실습이다. 이 부분은 강사에 따라 다르지만 여행상품을 기획해보고 그 내용을 같은 반 수강생들 앞에서 PPT 발표를 한다. 이미 대중화 되어있는 상품을 예로 들자면 사진을 좋아하는 사람들과의 출사여행, 유명 연예인과 함께하는 클럽여행, 유럽으로 축구경기를 보러가는 여행 등이 있다. 이처럼 주변에서 여행상품화를 할 수 있는 다양한 사례들을 고민해보고 상품화하는 연습을 하는데 실제로 면접을 볼 때 "본인이 상품을 만들게 된다면 어떤 걸 만들고 싶나요?"라는 질문이 나올 수도 있기 때문에 한번쯤 생각해보면 좋은 주제라고 생각한다.

실제 판매가 가능한 상품이 아니어도 좋다. 다양한 아이디어를 가지고 새로운 상품을 개발할 수 있다는 도전정신을 보여주는 것이 목적이다. 물론 현재 판매되고 있는 상품들의 문제점을 파악해 수정을 하거나 실현가능한 연계상품을 만든다면 더할 나위 없지만 말이다. 새로운 상품을 만들려면 기존의 상품들을 알아야하기 때문에 여행사 홈페이지를 자세히 살펴봐야 한다.

학생들과 함께 실제 여행사에 가서 손님인 척 상담을 받는 곳도 있다. 여행사 직원 입장에서는 상당히 귀찮은 일이 아닐 수 없다. 하지만 한번 정도는 관심 가는 여행사에 가보는 것도 괜찮은 방법이라고 생각한다. 일반 회사라면 엄두도 못 낼 일이지만 일반인들에게 두

팔 벌려 "회사로 들어오세요~" 라고 하는 대표적인 업종 중에 하나가 바로 여행사 아닌가. 시도 때도 없이 들어가서 업무에 지장을 주는 건 안 되지만 한번쯤은 가볼 만하다. 시청, 종로, 강남 쪽에 여행사들이 많이 밀집되어 있고 동네에 작은 여행사들도 많다. 사실 이런 얘기를 공적으로 대놓고 말하기 미안하지만 나도 그런 적이 있다. 여러분이 만약 여행을 계획하고 있다면 일부러 여행사를 통해 여행을 다녀와 보는 것도 좋은 공부가 될 것이다. 쇼핑센터를 가는 패키지여행을 가보는 것도 좋다.

여행사OP 일을 하려면

여행사OP로 일을 하려면 최근 발생한 특별한 이슈에 대해 관심을 갖는 것도 중요하다. 여행은 다양한 요소에 의해 많은 변수가 생기기 때문에 뉴스를 챙겨보는 것이 도움이 된다.

태풍이나 지진 같은 재난상황이 발생하거나 정부와 정부 간에 외교적인 문제도 영향을 받는다. 대표적으로 최근 일본의 경제침략으로 인해 국민들의 공분을 산 사건이 있었다. 그로 인해 여행수요 감소, 다수의 항공 노선 감축이 이어지고 이미 예약되어 있는 여행 건도 취소하는 사례가 많았다.

여행사OP가 되려면 한국인들이 많이 놀러가는 대표 여행지역들에 대한 지식도 필요하다. 다소 유치하게 보일 수 있지만 나는 한창 취업준비를 할 때 구글 지도(Google Map) 보는 걸 좋아했다. 이 나라 옆에 어떤 나라가 있는지, 비행 소요시간은 얼마나 걸리는지, 그리고 이 지역은 어떤 대륙분류 안에 속하는지, 이런 것들이 궁금했다. 구글 지도를 가지고 논 다음에는 여행사 홈페이지를 들어가 보는 것을 좋아했다. 어떤 나라들끼리 묶어서 패키지상품을 구성하는지, 여행 일정이 어떤 순서로 진행되는지 궁금했다.

서유럽 패키지는 이태리, 스위스, 프랑스, 영국 4개국으로 많이 구성하고, 남태평양에는 호주, 뉴질랜드, 괌, 사이판이 속하는 것과 같은 기본적인 분류를 확인해보는 것도 흥미로웠다.

내가 다니는 중소여행사에서는 한 사람이 여러 지역을 도맡아하기 때문에 당시 공부해두었던 내용이 업무에 많은 도움이 되었다.

여행지를 정하지 못한 손님에게는 지역별 특징을 아는 덕분에 비교 상담을 해줄 수 있어서 손님의 만족도를 높일 수 있었다.

또한 여행사 홈페이지를 들여다보면 각 여행사들이 주로 추진하고 있는 사업이나 집중하고 있는 지역, 요즘 뜨는 상품들을 볼 수 있어서 면접을 볼 때도 도움이 된다.

나는 면접 볼 때 유럽지역 나라들의 위치를 A4용지에 그려보라는 요구를 받았다. 그 때 나는 "옳다구나!" 라고 생각했다. 이미 구글 지도를 통달하고 있던 나로서는 너무나도 쉬운 문제였기 때문이다. 그 덕분인지는 모르겠지만 합격을 했고 지금도 그 회사를 잘 다니고 있다.

그 다음에는 지역별로 상품을 세세히 들여다보는 것을 추천한다. 자유여행의 시장이 커지고 있지만 아직까지 여행사들은 가이드가 있는 패키지 상품을 주로 판매하고 있다. 업계종사자로서는 안타까운 일이지만 대부분의 일정이 거기서 거기라서 지역별로 한, 두 개만 자세히 들여다보면 감이 올 것이다.

여행사 홈페이지 외에 여행업계 소식을 전해주는 신문을 구독하는 것도 좋은 방법이다. 여행사나 항공사의 소식, 최근 여행 동향을 파악하기에 좋다. 종이로 된 신문이 아니라 인터넷에서 무료로 구독할 수 있기 때문에 손쉽게 접근할 수 있다.

각 나라의 관광청 사이트나 여행TV프로그램도 여행정보를 얻기
에 좋다. 우리는 너무나도 쉽고 즐겁게 우리 분야를 습득하고 공부
할 수 있어서 행운이다.

  세계여행신문 https://www.gtn.co.kr/

  여행신문 http://www.traveltimes.co.kr/

  한국관광신문 http://www.ktnbm.co.kr/

02

여행사 직원의 하루
훔쳐보기

　　우리나라에서 대표적으로 '여행사' 하면 떠오르는 회사
들이 있다. 여행사를 잘 모르는 사람들도 하나투어, 모두투어는 안
다. 이 외에도 롯데관광, 한진관광, 노랑풍선, KRT, 참좋은여행 등
많은 여행사들이 있는데 우리는 취업준비생으로서 이 여행사들이
어떤 차이점을 갖고 있는지를 알아야한다.

　여행사는 간접판매를 하는 '간판여행사'와 직접 판매를 하는 '직
판여행사'가 있다. 여행사OP가 하루를 어떻게 보내는지, 어떤 실무
를 하는지를 알기 위해서는 간판여행사와 직판여행사의 특징을 먼
저 살펴봐야한다. 추가로 중소여행사와 랜드사에 대해서도 함께 소
개한다.

간판여행사(간접판매)

대표적인 간판 여행사로 하나투어와 모두투어가 있다. 손님이 하나투어 대표번호로 전화를 하거나 홈페이지, 어플 등을 통해 예약을 하면 랜덤으로 전국적으로 퍼져있는 하나투어 대리점 중 한 곳으로 연결이 된다. 즉, 하나투어와 모두투어는 손님을 상대로 직접 판매를 하지 않고 홀세일(wholesale), 대리점을 상대로 도매를 한다.

동네에서 흔히 만날 수 있는 하나투어, 모두투어 간판도 자세히 들여다보면 이름 있는 여행사의 간판을 달고 있는 작은 여행사인 셈이다. 예를 들어 '하나투어 OOO여행사', '모두투어 OOO여행사' 이런 식이다. 이렇게 대리점에 상담을 받으러 들어간 손님은 하나투어나 모두투어의 본사 직원이 아닌 본사 상품 판매 권한을 가진 대리점여행사 직원에게 상담을 받게 되는 것이다. 아래에 다시 설명을 하겠지만 이런 대리점들은 보통 중소여행사다. 간판여행사의 본사 업무와 간판을 달고 있는 대리점의 업무는 다르기 때문에 헷갈리지 않도록 개념을 알고 있어야 한다.

하나투어, 모두투어 같은 간판여행사의 본사는 큰 회사인 만큼 업무 또한 세분화되어있다. 그 말은 대리점 담당OP 따로, 상품담당OP 따로, 항공 부서 따로, 마케팅 및 홍보 팀 따로, 영업팀 따로, 이런 식으로 부서가 상당히 세분화되어 있다는 말이다. 회사에 따라 다르지만 직무에 랜덤배정 되더라도 이후 영업 팀과 상품 팀을

순환근무 한다.

　본사 OP는 손님(여행객)이 아닌 대리점 OP를 상대로 실무를 한다. 대리점을 상대하는 것과 손님을 직접 상대하는 것은 장, 단점이 존재한다. 업무를 적당히 아는 사람과 하는 것이 좋다고 생각 할 수도 있고, 아는 사람이 더한다고 오히려 아예 모르는 고객들과 소통하는 것이 좋다고 생각 할 수도 있다. 그건 개인의 생각 차이인 것 같다. 하지만 고객과 직접 소통하는 일이 없기 때문에 비교적 전화업무에서 자유롭고 사내 메신저를 통해 순차적으로 대리점 문의를 처리하는 방식이다.

　이런 여행사들은 본사 규모가 큰 만큼 직판이나 중소여행사들에 비해 복지가 좋은 편이고 체계적인 업무가 가능하다. 체계적이라는 것은 내가 체계를 잡으려 노력하지 않아도 이미 안정된 시스템이 정착되어 있음을 의미하는데 한 편으로는 일처리를 할 때마다 거쳐야 하는 단계나 준비해야하는 서류가 많아 다소 불편하게 느껴질 수도 있다. 하지만 개인적으로는 체계가 없는 것보다는 있는 것이 낫다고 생각한다.

　비교적 연차사용이 자유로우며, 저렴한 금액으로 항공권을 구매하거나 여행상품을 이용할 수 있다는 장점이 있다. 그만큼 입사 조건이 까다로운데 회사 이름에 비해 급여가 박봉이라는 평가도 적지 않다. 하지만 여행업계 전체적인 초봉이 낮은 만큼 이들 여행사에만

해당하는 부분은 아니라고 본다. 여성들은 출산, 육아 휴직이 보장
된다는 점이 대기업에 입사하는 큰 장점이다. 만약 여러분이 여행사
의 이름과 복지, 체계가 잡혀있는 시스템에 중점을 두고 있다면 간
판여행사 본사에 입사를 고려해보는 것을 추천한다.

직판여행사(직접판매)

직판여행사의 사전적 의미를 먼저 살펴보자면 영어로 'Direct
sales', 직접 판매를 말한다. 위에서 살펴본 간판여행사 본사는 대리
점을 통해 간접 판매를 한다고 했는데 직판여행사는 고객을 상대로
본사의 직원들이 직접 상품을 기획, 판매한다. 대표적인 여행사로는
참좋은여행, 노랑풍선, KRT, 온누리투어 등이 있다.

직판 여행사의 OP로 입사를 하게 되면 생각보다 많은 일을 하게
된다. 일을 하다보면 "이런 것까지 OP의 일이었다니.." 라고 생각을
하게 될 수도 있다.

앞으로 OP의 하루일과를 자세히 설명 하겠지만 직판 여행사 OP
는 상담 업무에 많은 비중을 두게 된다. 온라인 상담이나 전화 상담
이 끊임없이 이어지고 상담에 대한 안내를 하면서도 상품 기획, 출
발팀 관리, 미팅, 마케팅을 위한 기획전 만들기 등의 일들을 동시에
소화해야한다. 한마디로 멀티가 되어야 한다는 뜻이다.

일화를 하나 소개하겠다. 한 직판 여행사에서 OP가 다른 업무를

하고 있어서 전화를 받지 못하는 상황이었는데, 자동으로 대기 고객에게 연결이 되는 시스템에 의해 본인도 모르는 사이 전화가 걸려버린 것이다. OP는 이 회사에서 일한지 얼마 되지 않아서 본인이 전화를 건 줄도 모르고 수화기너머로 "여보세요?"하는 손님의 목소리에 "예? 여보세요?" 하고 되레 인사하는 웃긴 상황이 연출됐다. 그만큼 전화 상담이 많은 곳이 직판여행사다.

직판여행사 OP는 상담을 통해 고객을 유치하는 영업직이기 때문에 실적 부담도 있다. 전화 응대가 주업무인만큼 콜센터처럼 상담내용이 녹취되어 평가를 받기도 한다. 팀 분위기에 따라 다르겠지만 이직률이 높은 편이고 여러 직판여행사를 옮겨 다니며 연봉을 높여가는 사람들이 많다. 간판여행사보다는 취업 문턱이 낮은 편이다.

중소여행사

중소여행사는 많은 이들이 아는 '이름 있는' 여행사가 아닐 확률이 높다. 허니문, 박람회, 기업출장, 성지순례, 트래킹, 골프, 크루즈, 특정 지역전문 등 한 분야에 집중해서 전문판매를 하는 중소여행사도 있고, 간판여행사와 직판여행사의 상품을 대리 판매하는 대리점 형태의 중소여행사도 있다. 여러분들이 여행사에 취업할 때 기대할만한 해외 출장은 간판, 직판여행사보다 오히려 중소여행사가 더 많을 수 있다. 인원이 적으니 신입들에게도 출장 기회가 주어지는 것이다.

즉, 여행OP업무와 인솔업무를 하루 빨리 경험할 수 있다.

단, 출발 팀이 많은 중소여행사나 웨딩박람회가 있는 허니문 전문 여행사는 야근이나 주말근무가 많은 편이다. 하지만 하는 만큼 돌려받는 인센티브 제도를 적용하는 곳이 많아서 회사를 잘 만난다면 간판이나 직판보다 오히려 더 나은 근무환경 속에서 더 많은 급여를 받고 일할 수 있다. 중소여행사야말로 직원 한 사람, 한 사람의 능력이 회사의 실적을 좌우시키기 때문이다. 우리 회사 같은 경우에도 중소여행사지만 5년차가 됐을 때부터 1년마다 한 달씩 휴가를 쓸 수 있고, 한 부서에 속하는 것 대신 다양한 일들을 기획, 판매, 상담할 수 있다. 인센티브제도 또한 잘 지켜지고 있어 하는 만큼 받아갈 수 있다는 장점이 있다.

지역 별로 상당히 많은 중소여행사들이 있기 때문에 가까운 거리에서 일을 하고 싶거나 너무 많은 직급과 체계가 부담스러운 사람들에게 추천한다. 하지만 규모가 작을수록 같이 일하게 될 사람이 중요하기 때문에 면접 때 회사가 나를 평가하는 입장일지라도 나 또한 회사와 대표, 사람들의 분위기를 평가해봐야 한다.

랜드사

랜드사는 여행사로부터 의뢰를 받아 실제 현지 행사를 진행하는 곳이다. 여행사가 손님을 모객하면 최종행사는 랜드사와 소속 가이드가 진행하게 된다. 여행사가 아닌 랜드사가 실제 손님과의 접점에서 행사를 진행하기 때문에 행사의 만족도를 높이기 위해서는 랜드사를 잘 선택해야한다. 여행사OP가 아무리 잘해도 랜드사와 가이드가 행사를 잘 못하면 만족도를 이끌어내기 힘들다.

랜드사 OP도 여행사OP와 비슷한 일을 하는데 간판여행사랑 똑같이 손님을 직접 상대하는 것이 아닌 여행사직원들을 상대한다. 직접 손님을 모객하면서 여행사를 통해서도 동시에 모객 하는 랜드사도 있지만 대부분 B2C(여행객 대상)가 아닌 B2B(여행사 대상) 대상으로 영업한다. 주 고객이 여행사인 셈이다.

랜드사는 실질적으로 여행지역 수배업무(호텔, 차량, 가이드, 일정 등)를 담당하기 때문에 랜드사별로 전문 지역이 있다. 일반인들은 모르지만 업계에서 알아주는 굵직한 랜드사들도 많은데 여행사OP에게 받은 문의에 대해 답변을 해주거나 인센티브 단체 견적 만들기, 자체 상품 기획, 판매 등이 주요 업무다. 규모가 크거나 여러 지역을 하는 랜드사는 여행사처럼 지역별로 OP가 나눠져 있고 한, 두 지역만 전문으로 하는 랜드는 지역별로 OP가 나뉘지 않는다. 싱가포르 전문 랜드, 대만 전문 랜드가 그 예다.

여행사에 다니면 항공 업무가 많은 부분을 차지하는데 항공을 다루지 않는 랜드사들이 많기 때문에 항공업무의 스트레스도 적다. 여기서 말하는 항공업무의 스트레스는 수시로 변동되는 좌석 현황과 금액, 발권TL 등을 신경 써야 하는 것과 같이 지상업무에 비해 예민하다는 것으로부터 온다.

 다은 언니, TL은 뭐예요?

'Ticket Time Limit' 의 약자로 항공 구매 시한 즉, 발권 시한을 뜻하는데 T 하나를 빼고 보통 TL 이라고 불러. 항공 예약을 생성하면 나오는 TL을 확인해서 날짜가 지나기 전에 발권하면 되는 거야. 보통 저렴한 특가운임이나 출발 날짜가 얼마 안남았을 때 TL이 짧게 잡혀. 그룹 항공은 NAME TL, 발권 TL이라고 해서 명단을 입력해야 하는 시한, 결제를 해야 하는 시간으로 나눠서 관리하는 편이야.

자, 여기까지 여행사의 종류와 그 특징에 대해 알아보았는데 지금부터는 각 여행사별 OP의 하루일과를 살펴보려고 한다. 내 생각과 실무가 다르다는 것은 모든 업종에 해당되는 말이겠지만 여행업은 특히 그 간극이 큰 것 같다. '여행' 이라는 단어가 주는 설렘 때문일까. 최소한 이 책을 읽고 나서는 입사를 준비할 때 '왜 여행사에 입사하고자 하는가?' 라는 질문에 '여행이 좋아서' 라는 답은 하지 않기를 바란다. 면접관이 가장 꺼려하는 말 중 하나일 것이다. 이처럼 내가 여행을 가는 것과 여행을 보내는 것에는 차이가 크다.

간판vs직판vs중소 여행사직원의 하루일과 훔쳐보기

간판여행사 OP의 하루

09:00 출근 후 컴퓨터를 켜고 사용하는 시스템들을 로그인한다.

09:05 팀별 미팅

09:30 대리점OP 문의 사항에 대해 답변한다(사실 출근부터 퇴근까지).

10:00 단체 항공 PNR의 TL을 확인하고 관리한다.

10:30 새로운 예약 건에 대한 예약금 및 규정 안내를 한다.

11:00 출발 미확정 코드 모객을 타 코드로 유도 요청한다.

12:00 점심식사

13:00 고객 APIS 입력 여부와 행사 관련 누락된 사항이 있는지 확인한다.

15:00 비자, 여행자보험 등 행사 준비상황을 재확인 한다.

18:00 퇴근한다.

 다은 언니, PNR은 뭐고 APIS는 뭐예요?

처음 듣는 단어지? 항공 업무에서 주로 사용하는 용어들이야. PNR은 'Passenger Name Record'의 준말로 승객예약기록을 말하고 영문명, 여정, 연락처 등이 포함되지.

APIS는 'Advance Passenger Information System'의 약자로 승객정보를 말하는데 쉽게 설명하면 여권의 유효기간, 여권번호, 생년월일 등을 CRS 상에 입력하는 걸 말해. 특히 미주구간은

APIS 미입력 시 발권자체가 안 되는 점을 참고하면 좋아!

직판여행사 OP의 하루

09:00 출근 후 컴퓨터를 켜고 사용하는 시스템들을 로그인한다.

09:05 온라인/홈쇼핑/소셜커머스(티몬, 쿠팡 등) 예약 확인 후 해피콜을 한다.

09:30 Q&A, 여행후기 글에 답변한다.

10:00 항공 PNR을 확인하고 항공 팀에 발권요청을 한다.

10:30 출발 팀 공항 샌딩팩을 만들고 여행안내문자를 발송한다.

11:00 출발 미확정 코드 모객 타 일정 유도 또는 공동행사 가능여부를 확인한다.

12:00 점심식사

13:00 새로운 상품이 있다면 기획전을 디자인팀에 요청하고 홈페이지에 등록한다.

14:00 홈쇼핑 계획이 있다면 담당자와 회의를 하고 기획전을 만든다.

15:00 사내 전체 미팅, 팀 미팅을 한다(실적보고, 회의 등).

15:30 전화응대를 하고 예약희망 고객에게 여권을 받고 계약금 및 비자 안내를 한다.

17:00 고객 APIS, 비자, 여행자보험 등 행사 관련 꾸준한 재확인을 한다.

18:00 퇴근한다.

중소여행사 OP의 하루

09:00 출근 후 컴퓨터를 켜고 사용하는 시스템들을 로그인한다.

09:10 온라인 상 예약, 기업 카카오 톡 문의를 확인하고 해피콜 및 답변을 한다.

09:30 내부 미팅을 한다.

10:00 여행상담 및 비자 신청 내방 고객을 응대한다.

10:30 상품 기획전을 만든다.

11:00 SNS 상품 홍보를 한다(블로그, 인스타, 페이스북, 밴드, 카페 등).

12:00 점심식사

13:00 단체 인센 문의가 있을 경우 항공사에 그룹좌석을, 랜드사에 지상견적을

요청한다.

14:00 패키지여행, 골프여행, 허니문여행 등 손님에게 보낼 견적서를 만든다.

16:00 예약희망 고객에게 여권을 받고 계약금결제 및 규정, 비자 등을 안내한다.

17:00 잔금시기가 다가온 여행객에게 잔금을 요청하고, 최종 안내문을 발송한다.

17:30 거래처와 미팅한다.

18:00 출발 팀이 있다면 여행자보험가입 및 공항 샌딩팩을 만든다.

18:15 입금 확인, 하루 정산, 세금계산서 발행 등 서류업무를 한다.

18:30 퇴근한다.

단체 행사가 있으면 공항 샌딩을 직접 하기도 한다. 여행사마다 소속 알바를 고용하거나 외주를 주기도 한다. 만약 출발일이 주말이라면 주말에 공항을 가야할 수도 있다. 공항 샌딩비를 따로 주는 회사도 있고 아닌 곳도 있다.

01 : 다양한 여행사 패키지 비교 판매하기

중소여행사는 대부분 한 여행사의 상품만을 파는 것이 아닌 여러 여행사의 상품을 대리 판매하기 때문에 고객입장에서 비교견적이 가능하다는 장점이 있다. 핸드폰도 3사를 다 판매하는 매장이 있고, 한 통신사만을 판매하는 곳이 있는 것과 같은 이치라고 보면 된다.

하나투어나 모두투어처럼 큰 여행사의 간판을 달고 영업하는 대리점은 본사 상품만을 판매하거나 그 위주로 판매하는 경우가 많은데 간판을 달지 않고 영업하는 중소 여행사들은 보통 하나투어, 모두투어, 한진관광, 롯데관광, 롯데JTB, 인터파크 같이 홀세일하는 모든 여행사의 상품을 두루 비교 판매하곤 한다. 홀세일 회사의 상품을 판매하면 판매 여행사에서는 세금계산서 발행조건으로 커미션을 제공받는다.

노랑풍선이나 KRT, 참좋은여행 등 직판여행사들도 중소여행사와 거래를 하긴 하지만 주로 현금입금만 받고, 커미션이 있어도 굉장히 적기 때문에 나 같은 경우에는 VIP고객이 희망하는 경우가 아니면 굳이 직판 여행사 상품을 이용하지 않는다.

랜드사 OP의 하루

09:00 출근 후 컴퓨터를 켜고 사용하는 시스템들을 로그인한다.

09:20 내부 팀 회의

09:40 관광지 쿠폰관리를 한다(단품 판매 시).

10:00 행사 진행상황 관리 및 문의 들어온 견적을 정리한다.

11:00 현지에서 온 행사관련 안내 사항을 여행사OP에게 전달한다.

12:00 점심식사

13:00 시즌별 상품 구상 및 홍보를 한다.

14:00 출발 팀 루밍(Rooming)과 APIS 정리를 하고 현지에 전달한다.

14:30 일정과 동선에 맞는 호텔과 식당을 수배한다.

15:00 당일 입, 출금내역을 관리한다.

15:30 여행사에 세미 확정서를 전달하고 최종 확정 전에 수정사항을 확인한다.

15:40 인보이스, 파이널확정서 등 서류정리를 한다.

16:00 현지 외화 송금 및 행사 완료 팀 정산을 한다.

18:00 퇴근

다은 언니, 루밍(Rooming) 이 뭐예요?

루밍은 방 구성이야. 손님이 5명이라고 가정했을 때,
A손님과 B손님이 객실 1(트윈 또는 더블)을 쓰고, C,D,E 손님이 객실
2(트리플)를 쓰는 것처럼 명단별로 정리해놓은 것을 말해.

간단하게 설명하긴 했지만 여행사직원의 하루일과는 겁내라고

적어놓은 것이 아니다. "이런 일들을 하고, 이런 상황들을 겪게 되겠구나.", "여행업무가 생각보다 세심함과 꼼꼼함이 필요하구나." 정도만 알게 된다면 이번 장에서의 할 일은 끝났다. 면접을 볼 때 실무에 대한 이해도가 높은 사람이 뽑힐 확률이 높다는 점을 꼭 기억해두자.

여행상품 개발의 목적,
내가 직접 먹어보고 묵어본 뒤 좋은 곳으로 손님을 안내하기 위함이다. in Bangkok

03

회사가 원하는 인재,
면접 필승전략

　　나의 장, 단점이 무엇인지, 살아오면서 가장 슬펐던 일과 행복했던 일이 무엇인지, 무언가를 이뤘다고 스스로 인정할 만큼 성취한 것이 있는지는 공통적으로 나오는 면접 단골 질문들이다. 여기에 영어로 자기소개를 한다거나 일부러 당황하게 만들어서 면접자의 성격과 대처능력을 살피는 것도 이미 많이 들어봤을 것이다. 그렇다면 일반 회사와 공통적인 부분을 제외하고 여행사라는 회사에 입사하기 위해서는 어떤 점들을 주로 준비하면 좋을까?

　　본인이 이 회사에서 하고 싶은 일을 명확히 밝힐 수 있어야 한다.
　　회사에서는 '동기'를 참 좋아한다. 어떤 이유로 여행사에 입사하고 싶은지, 어떤 이유로 그 많은 여행사 중에 이 회사에 입사지원을 하게 된 것인지 같은 동기 말이다. 내가 심사관이라면 '여행이 좋아서', '사람들에게 즐거움을 줄 수 있어서', '여행이란 행복한 것이라서' 같은 대답보다는 좀 더 구체적이고 현실적인 대답을 선호할 것 같다.

예를 들어 '이 여행사에 유럽팀, 동남아팀, 미국팀 등이 있던데 나는 미국팀에 속해 어떤 특징을 가진 상품을 만들고 싶습니다.' 같은 대답 말이다. 여행사에서 내가 원하는 소속 팀에 대해 명확하게 밝힌다면 우리 회사에 대해 공부를 해왔다는 인식도 줄 뿐만 아니라 실제 입사자로 뽑혔을 때 희망 부서로 가게 될 확률도 높아진다.

또, 만들고 싶은 여행상품을 생각해보았다며 어필을 하는 것도 좋은데 전문가들 입장에서는 다소 터무니없게 들리는 여행상품일지라도 그런 노력을 해왔다는 것에 열정을 높게 살 것이다.

예전에 나도 입사하기 전에 여행상품을 하나 만들어봤는데 지금 생각하면 실소가 나온다. 이름하야 '어드벤처 패키지'라는 이름으로 호주의 각 지역을 다니며 번지점프, 스카이다이빙을 체험하는 상품이었는데 사실 이런 체험은 상당히 위험하고 혹여나 여행객이 다치거나 심한 경우 사망한다면 여행사의 책임이 될 수 있기 때문에 현실성이 떨어진다. 그 때는 야심차게 만들었는데 지금 생각하면 참 패기만 있었던 것 같다.

하지만 나처럼 이렇게 전문성 없이 상품을 만들어보는 것도 면접관들의 흥미를 끌 수 있는 하나의 방법이 되지 않을까? 아니면 그 회사의 상품 하나를 골라 연계상품을 만들거나 개선해야 할 점에 대해 조심스럽게 의견을 내는 것도 좋다. 창의적인 면접자를 싫어할 면접관은 없다. 내가 이 회사에 들어오고 싶은 이유도 중요하지만 내가 이 회사에 들어오게 되면 회사에 어떤 긍정적인 영향을 미칠 것인가가 중요하다. 회사가 왜 나를 뽑아야 하는지를 생각해보자.

여행 산업의 현황을 알아두자.

여행업은 국내적 요소뿐 아니라 국제적 요소에도 크게 영향을 받는 산업이다. 최근 일본불매운동만 봐도 그렇다. 만약 모르는 사람이 있다면 검색창에 꼭 이 사태에 대한 뉴스를 읽어보길 바란다. 외교적인 문제로 인해 사람들의 불매운동이 이어지면서 항공사의 취항노선이 줄어들고 그만큼 여행사의 모객율도 낮아졌다.

대체여행지로 대만이나 블라디보스톡 같은 단거리 여행지가 뜨고 있지만 내가 말하고자 하는 것은 그만큼 이리 치이고 저리 치이는 것이 여행업의 숙명이라는 것이다. 이런 상황들 때문에 모객률에 영향을 받는다면 각자 주어진 목표실적에도 부담을 느끼게 된다.

그렇기 때문에 여행업의 현실을 이해하고 이 상황을 뚫고 갈만한 현실적인 해결책을 가지고 있는 면접자라면 보다 혜안이 넓은 사람이라고 인식될 수 있다. 당장 취업에 급급한 모습을 한 사람과 여행산업 자체에 대한 이해도가 높은 사람, 여러분이라면 누구를 택하겠는가? 여행관련 정보, 정치, 경제, 외교 등에도 두루두루 관심을 가져야 한다.

과거에 메르스 사태, 홍콩 시위, 사드, 자연재해 등으로 인해 타격받았던 여행업계가 얼마나 손해를 봤고 회복을 하는데 얼마나 걸렸는지 관련 뉴스도 많이 찾아보자.

이직률에 대한 이해

여행업계는 이직률이 참 높다. 랜드사에서 여행사로 가기도 하고 여행사에서 랜드사로 가기도 한다. 중소여행사에서 직판여행사로 가기도 하고 직판여행사에서 중소여행사로 가기도 한다. 내 친구 한 명을 예로 들면 처음엔 허니문 전문 여행사에서 일하다가 직판여행사로 2번 옮기고 MICE 전문회사로 최근에 또 이직을 했다. 그렇게 옮겨 다니면서 연봉을 올렸다. 같은 업계에서 이직하며 돌고 도니 한 다리 건너면 다 아는 사람이라는 말이 있을 정도다.

직원들이 회사를 옮기는 일이 많다보니 면접관은 여러분에게 이직에 대한 의사를 물어볼 수도 있다. 사실 다녀보지 않고서 이직에 대한 의사를 어떻게 미리 알 수 있을까. 이 질문의 의도는 아마도 회사에 들어오고자 하는 지원자의 열정이나 확신을 보기 위함일 것이다. 여러분을 믿고 채용할 수 있도록 확신을 주는 답변을 준비해보자.

아 참! 한 가지 당부하고 싶은 내용이 있다. 가끔 면접자들 중에

"이 면접자 참 괜찮다."라고 생각해서 합격했다는 연락을 하면 전화도 안 받고 문자에 답장도 없는 사람들이 있다. 내가 원하는 회사가 아니더라도 최소한 거절의사는 밝히는 것이 바람직하지 않을까? 기본적인 예의가 없는 것이라고 생각한다. 내가 다니지 않을 회사이니 상관없다고 생각한다면 천만의 말씀이다. 워낙 업계가 좁기 때문에 어차피 여행사에 취직을 할 예정이라면 꼭 기본적인 매너는 지켜야 한다. 면접 날짜 잡아놓고 당일에 나타나지도 않는 사람은 말할 것도 없다.

각종 여행박람회를 참여해보자!

현재 서울에서는 매주 주말마다 웨딩박람회나 허니문박람회 같은 주기적인 행사가 진행되고 1년에 한번 정도는 하나투어, 모두투어 같은 대형여행사들이 크게 여행박람회를 진행한다. 매주 진행하는 허니문 박람회에서는 허니문 전문 여행사들이 신혼여행객들을 대상으로 상담을 하는데 만약 여러분이 허니문 여행사에 관심이 있다면 한번쯤 가보는 것도 좋다. 허니문 여행사에서 일한 친구 말을 들어보면 주말마다 박람회가 있어 주말근무나 출장이 많다는 것이 단점이지만 판매를 많이 할수록 인센티브가 많으니 장점이 되기도 한다. 또 허니문은 호텔이 굉장히 중요하기 때문에 호텔 인스펙션 목적으로 출장도 비교적 자주 가는 편이다.

1년에 한번 정도 크게 열리는 여행사박람회는 각종 이벤트와 경품들이 많아 일반 여행객들이 나들이차 많이 놀러 가는데 그 곳에 가면 각 호텔과 지역별로 안내 책자도 받을 수 있고 다양한 정보를 얻을 수 있어 유익하다. 잘 만들어진 책자를 읽어보면 나중에 상담할 때도 도움이 되고 지역공부를 할 때도 좋다.

운이 좋게도 나는 항공사 홍보창구에서 항공권이 당첨돼 말레이시아 쿠알라룸푸르로 여행을 다녀오기도 했다. 공부하러 갔는데 당첨도 되고 일석이조였다.

 │ 다은 언니, 호텔 인스펙션이 뭐예요?

Inspection은 '사찰', '점검'이라는 뜻을 가지고 있는데 쉽게 말해 '호텔 구경 간다.' 라고 생각하면 될 것 같아. 가서 사진도 찍고 직접 객실의 종류도 살펴보는 시간을 갖는 거야. 나도 최근에 하와이로 인스펙션을 갔다 왔는데 하와이, 몰디브처럼 호텔이 중요한 휴양지로 많이 가는 편이야.

[시럽] **02 : 여행사 직원에 대한 오해와 진실**

Q1. 여행사 직원은 영어를 잘해야 할까?

일반적으로 OP가 실무에서 영어를 쓸 일이 많지는 않다. 물론 큰 여행사일수록 서류심사에서 걸러야하기 때문에 어학점수도 적지 않은 영향을 받는다. 내가 다니는 여행사에서는 영어면접을 필수로 보는 편인데 자격증 점수가 있든 없든 회화를 본다. 영어가 꼭 필요한 것은 아니지만 아주 기본적인 회화도 안 된다면 곤란하기 때문이다.

Q2. 여행사 직원은 여행경력이 많아야 할까?

당연한 이야기지만 많으면 좋고 적다고 해서 나쁠 건 없다. 직접 가본 지역에 대한 이해도가 안 가본 지역보다 높은 건 사실이지만 여행사 대부분의 업무는 학습을 통해 어렵지 않게 습득이 가능하다. 여행사 직원이 전 세계 모든 곳을 가볼 수는 없지 않은가. 내가 담당하고 싶은, 또는 담당하게 될 지역을 가보는 것은 도움이 되지만 억지로 입사 때문에 여행경력을 만들 필요는 없다고 본다. 그럴 사람도 없겠지만 말이다.

하지만 여행을 한 번도 해보지 않은 사람이라면 패키지든, 자유여행이든 다녀와 보기를 바란다. 미안하지만 요즘 같은 세상에 여행을 다녀온 사람들도 많은데 굳이 한 번도 안 가본 사람을 뽑을 이유는 없다.

Q3. 여행사 직원은 관광과를 졸업해야할까?

아니다. 나 또한 전혀 다른 과를 졸업했고 전공을 살려야만 취업이 가능한 시대도 지났다. 전공자라면 정보를 남들보다 빨리 얻을 수 있다는 것뿐이지 업무에 들어가 보면 다 거기서 거기다. 신입일 때 누가 월등히 잘하고 못하고가 있을까. 다 어설프고 떨리기 마련이다. 계속 말하지만 우리의 직업은 반복을 통해 익숙해질 수 있다. 전문성이 필요한 부분도 분명 있지만 기본적으로 배우면 누구나 할 수 있다.

Q4. 여행사직원은 해외 출장을 많이 갈까?

여행사OP는 아쉽지만 출장이 잦지 않다. 큰 여행사일수록 더 그렇다. 만약 인솔도 하고 상품 개발도 하고 해외로 많이 나가길 원하는 사람이라면 하나투어, 모두투어 같은 대형여행사보다는 테마 여행사(특수지역, 트래킹, 성지순례, 박람회 등)나 특정 지역에 대해 전문성을 가진 중소여행사를 가는 것이 낫다. 큰 여행사일수록 부서가 세분화 되어있고 연차 낮은 사원들에게 출장기회가 주어질 일은 많지 않다.

내가 다니는 여행사는 중소여행사인데 새로운 여행상품에 대한 개발을 위해 출장을 가거나 내가 담당하는 단체 행사에 직접 인솔을 나가기도 한다. 오히려 신입 직원에게 더 많은 기회가 주어지는 것이 중소여행사 일 수 있다는 뜻이다.

그런데 왜 해외출장을 가고 싶어 할까? 지극히 성향에 따라 다르지만 출장은 출장일 뿐, 내 여행이 아니면 마냥 즐겁지도 않고 신경 쓸 일도 많다. 인솔을 하는데 진상손님이라도 만나면 2주가 넘는 장기 출장인 경우 생각도 하기 싫다. 하지만 마냥 사무실에 앉아서 근무만 하는 것보다는 가끔 해외 출장을 가는 게 낫다고 느낄 때도 있다. 나가는 김에 면세점 쇼핑도 하고 말이다. 충분히 혹할만한 부분이지만 출장은 놀러가는 것이 아니다. 나는 차라리 내 돈 내고 여행을 가겠다.

Q5. 여행사직원은 여행을 싸게 갈까?

특가를 접할 기회가 남들보다 많은 건 사실이다. 하지만 많은 여행사 직원들이 그걸 충분히 누릴 만 한 시간이 있는지가 의문이다. 큰 회사가 좋은 점이 여기서 또 나온다. 회사가 클수록 보유한 항공의 수도 많은데 안 팔리거나 보유 좌석이 많은 경우 직원들에게 싸게 준다. 너무 급한 날짜는 이용하지 못하겠지만 평시에도 싸게 제공하는 편이다.

모든 여행사에 공통적으로 해당하는 부분이 있다면 현지 관광청이나 항공사, 랜드사에서 여행사 직원들을 대상으로 하는 AD나 팸투어가 있다는 거다. AD는 'Agent Discount'의 줄임말로 여행사 직원들에게 할인 항공권이나 여행상품을 저렴한 금액에 제공하는 것을 말한다. 팸투어는 'Familiarization Tour'의 약자로 사전 답사를 위해 초청받아 다녀오는 여행을 말한다. 나는 2019년 한 해에만 방콕 근교의 칸차나부리와 하와이로 팸투어를 다녀왔다. 무료로 다녀온 만큼 상품을 더 열심히 팔아야한다는 부담감은 생기지만 개인적으로는 인솔보다 유익하고 여유로운 출장시간이다.

한 가지 예시를 더 들자면 터키항공에서 인천공항 근무자와 여행사직원들을 대상으로 GO-SHOW 티켓을 TAX만 받고 판매한 적이 있다. GO-SHOW란 NO-SHOW(나타나지 않음)의 반대말로 나타나서 대기를 한다는 뜻이다. 그 말은 즉, 사전 예약은 불가하고 공항에서 대기하다가 자리가 있으면 타고 없으면 못 탄다는 의미다. 터키항공의 허브공항인 이스탄불만 갈 수 있는 것이 아니라 터키항공이 취항하는 모든 노선을 탑승할 수 있다. 항공이란 어떻게 될지 모른다는 큰 변수가 있지만 항공기 전체가 텅텅 빈 것 같은 시간대를 골라 탄다면 쓰지 못할 것도 없다. 일반 고객들은 항공기 전체에 잔여 좌석을 확인하기는 어렵지만 우리는 미리 배워둔 CRS 시스템을 통해 좌석의 여유정도를 확인 할 수 있다. (물론 CRS도 100% 정확한 수치를 확인하지는 못한다.)

이렇게 잘 찾아보면 숨은 여행 할인 혜택들이 많다. 여러분도 여행사에 근무하면서 이런 혜택들을 쏙쏙 뽑아먹는 날이 오기를 바란다. (연차 사용이 자유로운 여행사로 취업을 하는 것이 우선이려나?)

Q6. 다른 사무직에 비해 자유로운 분위기인가?

나는 그렇다고 생각한다. 부서별로 편차는 있지만 자유로운 출근 복장이나 수평적인 구조를 지향한다는 점에서 그렇다. 하지만 군대

문화가 있는 여행사도 꽤 있다. 대놓고 수직적인 구조와 은근한 군대문화, 어떤 것이 더 별로라고 말할 수 있을까? 느끼기의 차이이고, 직접 들어가 보지 않고서는 모르는 것이 회사의 분위기다. 그래도 평균적으로 타 업종에 비해 자유로운 분위기는 맞다.

AD투어로 왔는데 여행사직원이라고 발코니 업그레이드를 받았다. in Costa Cruise

04

여행사 취업 전 알았다면
좋았을 것들

여행사의 평균연봉

신입사원의 초봉, 시급도 이런 최저시급이 없다. 2019
년도 기준으로 경력이 하나도 없는 신입사원은 대략 월 180~200만
원을 받는다고 보면 된다. 대부분 연단위로 협상을 하는데 성과에
따른 연봉테이블을 회사 내부 규정에 맞게 정형화해서 진행하기도
하고, 사람마다 다르게 연봉을 협상하기도 한다.

그럼 정해진 급여 외에 다른 상여금은 없을까? 이것도 회사마다
다른데 우리 회사를 예로 들어보겠다. 내 연차의 경우 월별 매출단
위에 따라 개인 순수익에서 5%, 10%, 최대 15%까지 받는다. 명절에
따로 나오는 수당은 없다. 여태 받았던 금액 중에 단체 팀이 많았던
달에는 급여와 인센티브까지 합해서 월 500만원을 받았다. 물론 그

런 경우는 나도 딱 한번이었고 대부분 경력직도 월평균 250~350만 원 사이다. 능력이 있다면 그 이상의 급여를 받고 스카우트 된다. 부끄럽지만 나도 스카우트 제의를 몇 번 받았다.

내가 아는 한 랜드사는 연봉 외에 추석과 설날에 보너스로 10만원씩 받는 것 외에는 다른 수당은 없다고 했다. 상여금이나 수당은 회사마다 편차가 커서 명확한 답을 내기는 어렵지만 최근 경기 악화로 이마저도 많이 나오지 않는 편이다.

직업을 찾는 일의 가장 큰 기준이 돈이 될 수는 없겠지만 중요한 부분인 만큼 취업 준비를 시작하기 전에 고려해보기를 바란다.

왜 나는 이 여행사에 취업하고자 하는가?

어떤 여행사에서 이런 문구를 봤다. "직원의 작은 실수에도 노발대발하는 손님은 받지 않습니다, 손님만큼 직원도 소중합니다. -대표 올림".

사람마다 회사를 고르는 기준은 다양하다. 앞서 소개한 회사처럼 대표의 마인드를 볼 수도 있고, 무조건 돈을 많이 주는 곳, 무조건 마음 편한 곳, 무조건 집에서 가까운 곳, 무조건 칼 퇴근 하는 곳, 꼰대 없는 곳, 외근 없는 곳, 주말근무 없는 곳 등 원하는 바가 다 있다. 내가 아는 사람은 '어딜 가나 내 마음에 안 드는 사람은 있고, 하기 싫은 일은 있기 때문에 무조건 돈 많이 주는 회사로 가야한다.'고 했다. 그 사람의 판단 기준에서는 이게 맞는 말이다.

여행업계는 전공자들도 일을 하지만 여행이라는 주제에 흥미를 느껴 비전공자들도 많이 취업준비를 한다. 그만큼 진입장벽이 낮은 편이다. 만약 처음부터 초봉이 높은 일을 하길 원한다면 다른 쪽을 알아보길 바란다. 앞서 설명했지만 여행사의 초봉은 다른 업종에 비해 낮은 편이고 평사원 기준으로 연봉인상률도 높은 편이 아니기 때문이다.

그럼에도 불구하고 여행 일을 하고 싶다면 제발 입사의 문턱이 낮다고 아무데나 들어가지는 않았으면 좋겠다. 신문이나 뉴스에서 본 것처럼 정말 이상한 여행사들도 많다. 물론 정성스럽게 여행업을 하는 분들이 더 많지만 말이다. 그렇기 때문에 면접을 볼 때는 내가 회사에 면접을 보는 것도 중요하지만 나또한 회사를 평가해봐야 한다는 것을 잊지 말자.

사람들이 여행사를 그만두는 이유

'일은 많은데 참 박봉이다.' 여행업계에서 많이 하는 말이다. 하지만 어떤 여행사를 들어가느냐에 따라 높은 연봉을 받을 수도 있다. 연봉 외에 인센티브를 주는 여행사에 입사한다면 본인하기 나름이다.

여행사OP는 영업직이라고도 할 수 있다. 마케팅팀에서 뿌린 홍보의 결실로 전화 문의가 오면 고객을 상담해 계약을 성사시키는 것은 OP의 몫이다. 각 팀마다 목표실적이 있고 그 이상을 채웠을 때 개인 또는 팀별 인센티브가 지급된다. 하지만 박봉이라는 이유로 회사를 그만두는 사람들이 많은 것은 사실이다.

내가 다니는 여행사 대표님이 하신 말씀이 있다. "여행이 좋아서 여행사에 들어왔더니 여행이 싫어져서 나가더라." 웃기고도 슬픈 말이 아닐 수 없다. 지금 생각해보면 나 또한 어느 정도 공감이 간다. 그 정도로 여행과 여행 업무는 다르고 생각보다 꼼꼼하게 확인할 일이 많다. 작은 실수 하나가 엄청난 손해가 될 수 있기 때문에 단순 업무 중에도 제일 중요한 것이 재확인이다.

가끔은 일을 하다가 롤러코스터를 타고 있는 느낌이 들 때도 있다. '내가 무언가 실수를 했구나.'라는 생각이 들 때 등골이 오싹해진다. 버는 돈 이상으로 손님에게 보상이 나가야 하는 상황이라면 더욱 그렇다. 너무 감사하게도, 한번은 내가 실수를 했을 때 대표님은 돈으로 해결되는 일이라면 차라리 다행이라는 말씀을 해주셨다. 이런 말을 해주는 대표님이 세상에 많지 않다는 것이 아쉽지만 어떻게 보면 맞는 말이다. 만약 여행 중 안전문제가 생겨 사람의 생명이 위험해진 상황이라면 말이 달라지기 때문이다.

내 잘못이 아닌 변수도 많다. 전 세계적인 재난상황이나 자연재해 같이 어쩔 수 없이 여행이 취소되어야 하는 상황에는 거의 100%의 환불이 이뤄지는데 내 시간과 노력에 대한 수수료는 한 푼도 받지 못하게 된다. 물론 기다려왔던 여행을 가지 못한 손님들의 아쉬움도 크겠지만 일을 전담해온 직원입장에서는 그런 생각이 들 수밖에 없다. 그 순간 세상에서 제일 허무한 존재가 되는 기분이다.

콜센터처럼 사람을 전화로 상대해야 하는 일을 하면서 동시에 상품 등록, 온라인 예약관리, 아이디어 회의, 항공 및 지상 정리, 공항 샌딩 준비, 인솔자 미팅, 행사 서류 준비, 재확인 등 멀티플레이어가 되어야하기에 과부하 되어 나가는 사람도 있다.

또 어떤 이는 사람에게 상처받아 나가기도 하는데 그 대상이 손님일 수도, 회사 내의 인물일 수도 있다. '어딜 가나 또라이는 있다.' 라는 말도 있지만 본인이 공황장애가 올만큼 스트레스를 받는 정도라면 그 사람으로부터 벗어나는 수밖에는 없다. 사람이 많이 부대끼며 생활하는 공간인 만큼 사내분위기도 참 중요하고, 팀 내 분위기도 중요하다. 참으로 야속한 것은 우리가 입사하기도 전에 미리 그 회사의 사내분위기와 팀 내 분위기를 알 수는 없다는 것이다. 비단 여행사에만 국한되는 문제는 아니지만 말이다.

결론적으로 정리해보면 연봉에 비해 많은 업무, 사람에게 받는 스트레스가 큰 이유인데 그럼에도 불구하고 이 일이 재미있다면 하게 되는 것 같다. 나 같은 경우도 사회경력이 많은 건 아니지만 이 일이 재미있다. 내가 만든 상품을 내 힘으로 모객해서 출발 팀을 많이 띄우고, 원가를 계산해서 수익을 정산하는 것도 일의 마무리 단계에서 쾌감을 느끼는 것 중에 하나다. 여행이라는 즐거운 주제로 일을 하고 손님의 취향에 맞춰 여행을 추천하는 일이 나에게는 참 매력적이다.

또 생각보다 많은 손님들은 진지하게 자신의 이야기를 들어주길 원한다. 한번은 중년의 여성분이 전화를 하셔서 '연세 드신 어머님을 모시고 여행을 가고 싶은데 작년에는 어떤 여행지를 갔는데 좋아하시더라.' 며 가족여행기를 다 말씀해주신다. 이런 분과 통화할 때는 기본 30분을 하게 되는데 처음에는 나한테 왜 이런 말을 하지 싶다가도, 나중에는 우리 가족이 이런 여행경력과 취향을 갖고 있으니 다음 여행지도 적절하게 추천을 해달라는 의미로 해석돼 이해가 된다. 실제로 이렇게 대화를 많이 나눈 고객일수록 다음 여행 때도 나를 찾아주신다.

어떻게 보면 여행사직원과 손님도 궁합이 있는 것 같다. 내가 일하는 방식이 마음에 들지 않는 사람이 있는가하면 어떤 사람들은 나만 찾는다. 매번 찾아주는 손님이 있다는 것, 내가 한 사람의 행복한 여행에 도움이 될 수 있다는 것에 기쁘다. 다녀오고 나서 먼저 안부전화를 하며 여행지에서 사온 선물을 보내주는 손님도 있다.

하지만 나도 바쁠 때는 까칠해지기도 하고 한 사람, 한 사람에게 온전한 신경을 쓰지 못할 때도 있다. 대부분의 여행사 직원들이 전화를 받을 때 상담보다는 상품 정보제공, 단순 판매에만 그치게 되는 이유다. 이렇게 여행사 직원은 바쁘고 바쁘다. 밀려드는 전화에 집에 갈 때는 어느새 지쳐있다.

그럼에도 불구하고 대화하고 경청하는 것을 좋아하고 상냥함을 가지고 있는 사람, 덤벙대지 않고 꼼꼼한 사람, 손 빠른 사람, 계획 수립을 잘 하는 사람, 통통 튀는 아이디어를 가지고 있는 사람들에게 나는 이 직업을 추천하고 싶다.

우리 일만큼 배우기 쉬운 일도 없다. 반복적으로 하다보면 누구나 할 수 있는 일이다. 하지만 누구나 장기간 일하지는 못한다. 모든 일이 그렇지만 본인의 성향에 맞는 일을 찾는 것이 참 중요하다. 내가 이번 장에서 쓴 내용들이 100% 정답일 수는 없기에 한 편으로는 조심스럽다. 사람들이 퇴사하는 이유는 가지각색이기 때문에 참고만 하면 좋겠다.

위에 써놓지 않은 내용 중에는 여행업의 미래, 직업의 안정성에 대한 고민 끝에 그만두는 이들도 있다.

[시럽] 03 : 나의 후배에게 바라는 점(feat.업계 동료들)

현재 여행업계에서 일하는 지인들에게 어떤 사람이 후배로 들어오면 좋겠냐고 물어봤다. 공통적으로 꼼꼼함과 센스를 꼽았고 엑셀과 ppt를 기본적으로 다뤘으면 좋겠다고 했다. 영어를 잘하면 좋지만 업무에 많이 활용되지는 않아서 크게 신경 쓰지 않았다.

항공시스템은 토파스와 세이버, 이 두 가지를 주로 사용하는 곳이 많았는데 대한항공을 주로 판매하는 곳이라면 토파스, 아시아나를 주로 판매하는 곳이라면 세이버를 사용한다.

나 같은 경우에는 항공능력이나 컴퓨터 활용능력도 좋지만 센스가 제일 중요하다고 생각한다. 가끔 우스갯소리로 '빨리, 천천히 하자'라는 말을 하는데 상황판단과 행동은 빠르게 하되 차분히 꼼꼼한 확인을 하자는 뜻이다. 굳이 하나를 고르라면 급하게 덤벙대는 것보다는 조금 느리더라도 차분히 꼼꼼하게 실수하지 않는 것이 더 좋다.

대학교 졸업반 학생들이 여행사에 실습을 많이 오는데 실수를 해서 혼을 내면 혼자 조용한 곳에 가서 우는 친구도 있다. 여행사의 대부분의 업무는 반복학습을 통해 어렵지 않게 해낼 수 있기 때문에 실수를 통해 강한 담력과 경험을 쌓는 것이 필요한 것 같다.

여러분도 입사 후 6개월까지는 많은 시행착오를 겪을 것이고 황당한 손님 때문에 억울해서 울보가 될 수도 있다. 워낙 사건 사고가 많은 일이기 때문에 흥분을 하기 보다는 한 호흡 뒤 차분하게 해결책을 찾는 마음을 갖는 것이 중요하다. 그러면 해결하는 동안 이미 흥분은 어느 정도 가라앉아있을 것이다.

05

국외여행인솔자 자격증을 따는
가장 쉬운 방법

　　　　여행사 취업준비생들의 이력서를 보면 여행을 많이 다
닐 수 있을 것 같아서 지원을 했다는 내용과 함께 해외출장에 대한
기대감을 가지고 있는 경우가 많다. 여행사마다 다르지만 아쉽게도
OP가 직접 출장을 가는 경우는 거의 없다.

　국외여행인솔자의 자격으로 여행객들을 인솔해 출장을 가려면 법
적으로 문화체육관광부령으로 정하는 '국외여행인솔자 자격증'을 소
지하고 있어야 한다. 한국여행업협회(KATA)에 따르면 국외여행을 인
솔하는 자는 아래 3가지 중 어느 하나에 자격요건을 갖추어야 한다.

　* 관광통역안내사 자격증을 취득한 자.
　* 여행업체에서 6개월 이상 근무를 하고 해외여행 경험이 있으면서 문

화체육관광부장관이 정하는 소양교육을 이수한 자.

* 문화체육관광부장관이 지정하는 교육기관에서 국외여행 인솔에 필요한 양성교육을 이수한 자.

사실 관광과를 졸업했거나 졸업예정인 사람이라면 3번에 설명한 교육기관에서 80시간 이상의 양성교육 이수 후에 자격증을 받을 수 있지만 비전공자의 경우에는 관광통역안내사 자격증을 가지고 있거나 여행업체에서 6개월 이상 근무를 한 경력이 있어야 소양교육을 받을 수 있는 자격이 주어진다.

관광통역안내사는 국내로 여행을 오는 해외여행객을 대상으로 국내여행안내를 하는 사람을 말하는데 필기와 어학면접을 통해 자격을 갖게 되는 만큼 어려운 시험을 통과해야 한다.

만약 여러분이 국외여행인솔자(TC=Tour Conductor)가 되고자 한다면 여행사에 근무해보는 것도 경력에 도움이 될 것이다. 여행사에 6개월 이상 근무한 사람은 간단한 소양교육을 통해 어렵지 않게 자격증을 취득할 수 있다. 이미 업무에 대한 이해도가 높다고 판단되기 때문이다. 물론 국외여행인솔자 자격증 취득을 목적으로 여행사에 취업을 하는 것이 옳은 방법이라고 할 수 있을지는 모르겠다. 대부분의 여행사직원들은 전문 인솔 목적이 아니라 필요에 의해 자격증을 취득하는 경우가 많다.

자, 그럼 이제 국외여행인솔자는 정확히 어떤 일들을 하는지 알아보자. 추가로 이 책을 읽고 있는 독자 여러분이 아직 어떤 직업을 갖고 싶은지 정하지 못했거나, 막상 책을 읽고 보니 여행 OP가 별로 끌리지 않는 분들을 위해 여행과 관련된 몇 가지 직업을 추가로 소개한다.

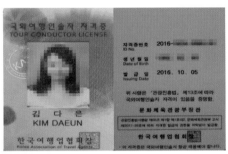

국외여행인솔자 자격증

국외여행인솔자

간혹 국외여행인솔자와 여행가이드의 역할을 헷갈려하는데 둘은 엄연히 다르다. 오케스트라로 비유를 하자면 인솔자는 한국에서 출발해서 한국에 도착할 때까지 전체적인 여행 일정을 함께하는 지휘자 같은 사람이고, 가이드는 현지에 살면서 전문적인 지식을 갖추고 도시의 역사와 관광지 소개를 해주는 성악가 같은 사람이라고 이해하면 쉽다.

패키지여행 초창기에는 짧은 거리도 인솔자가 따라가곤 했는데 최근에는 장거리를 여행하거나 국경, 도시이동이 많은 경우에만 함께 간다. 유럽, 호주, 남미, 북미, 아프리카 정도가 대표적이다.

짧게는 5~7일, 길게는 한 달 반 정도를 여행하기 때문에 언어와 여행지에 대한 지식뿐만 아니라 튼튼한 체력을 갖추고 있어야 한다. 도시이동이 많은 유럽에서는 각 지역별로 전문 가이드가 나오는데 이동하는 동안이나 가이드가 없는 도시에서는 인솔자가 가이드의 역할을 해야 한다. 남미의 경우 현지인 영어가이드가 나오면 통역도 해야 한다. 겉보기에는 놀러 다니는 것 같아보여도 결코 쉬운 직업이 아니다. 내가 아는 남미 인솔자는 고객이 아니라 본인이 고산증 때문에 고생해서 행사에 차질이 생긴 적도 있다.

실질적으로 하는 일은 공항에 가기 전에 고객들에게 해피콜을 걸어 필요한 정보들을 안내하는 것부터 시작된다. 해당 여행국가 입국에 필요한 서류들을 사전에 확인하고 여행 당일 공항에서 여행객들의 수속을 도와준다. 모든 사람들이 비행기에 잘 탔는지 확인하고 현지에서도 수시로 모이고 헤칠 때 인원수 파악을 한다. 입국신고서가 있는 지역이라면 비행기 안에서도 고객들 대신해 신고서를 작성하기도 한다.

현지에 도착하면 입국 수속부터 호텔 체크인 수속, 현지 버스 기사와의 미팅 장소 및 시간 조율, 호텔의 식당 위치와 시간 안내, 다음 날 미팅 시간 안내, 필요하다면 호텔 데스크에 모닝콜을 요청하는 일도 한다.

다음 도시로 이동하는 동안 버스 안에서 여행지역에 대한 설명을 해주거나 DVD나 음악을 선곡해 틀어주기도 한다. 아픈 사람이 있으면 병원에 데리고 가거나 도난당한 사람이 있으면 같이 경찰서에 가서 조서를 쓰기도 한다. 여권을 분실한 경우에는 대사관에 가서 임시 여권을 발급받기도 한다.

개인적으로는 국외여행인솔자라는 직업이 나와는 맞지 않는 것 같다. 사무실에 앉아있을 때는 정확하게 딱 떨어지는 일들을 마주한다면 여행 속에서는 야생을 만나는 것 같이 비상상황에 대처할 능력이나 재치가 필요하다. 만약 독자 여러분이 사람들 만나는 것을 좋아하고 현장을 좋아하는 사람이라면 이 일이 맞을 거라고 생각한다. 여행지에 대한 지식이나 언어는 습득하면 되지만 사람의 성향은 바뀌는 것이 쉽지 않기 때문이다.

국외여행인솔자는 프리랜서나 여행사에 소속되어 일하는데 급여로 받는 경우가 있고 일수만큼 계산해서 받는 경우도 있다. 평균적으로 일당 15~20만원 내외로 받는데 경력에 따라 다르다. 현지에서 쇼핑이나 옵션으로 받는 수수료는 별개의 수입이다.

다은 언니, 국외여행인솔자는 장거리에만 필요한가요?

좋은 질문이야, 꼭 장거리만 인솔자가 필요한 건 아니야. 회사나 학교에서 단체로 가는 경우, 일부러 여행사에 인솔자를 요청하기도 해. 내가 OP로 일을 하다가 인솔을 가는 경우도 패키지가 아니라 이런 단체 단독 행사가 있을 때가 많아.

여행가이드

위에서 국외여행인솔자는 한국에서부터 인솔을 하는 역할이라고 했는데 여행가이드는 현지에서 생활하며 현지법 아래 전문 자격을 가진 사람을 말한다. 특이한 지역으로 중국은 현지법 상 한국인이 가이드를 할 수 없기 때문에 한국어가 가능한 중국인, 조선족이 가이드를 한다. 일본 가이드는 '스루(Through)가이드'라고 하는데 한 사람이 인솔자 겸 가이드의 역할을 한다. 일본 스루가이드는 한국에서 살면서 손님들과 함께 여행을 떠난다.

현지 가이드를 하고 싶은데 한국에서 살고 싶다면 일본 스루가이드를 고려해보는 것도 방법이다. 일본 스루가이드는 동남아 같은 지역에 비해 비행 소요시간이나 여행일수도 짧고 시차도 없고 날씨도 비교적 한국과 비슷하다는 점이 거리가 주는 장점이다.

이 외에 다른 지역은 현지에서 살면서 가이드를 하게 되는데 동남 아시아 지역(태국, 필리핀, 베트남 등)은 저가 패키지상품을 행사할 때 참 말이 많다. 여행사들의 가격 경쟁 때문에 현지에서 NO TOUR FEE 행사를 하고 가이드는 손님들에게 쇼핑센터 방문이나 옵션판매 등으로 행사비를 번다. 그런데 고객이 옵션도 하지 않고 쇼핑센터에서도 아무것도 안사면 말 그대로 마이너스 행사가 되는 것이다. 그렇기 때문에 '가이드들이 쇼핑센터에 가둬놓고 물건을 판다', '물건을 안 샀더니 설명도 안 해준다.' 같은 말이 나오는 것이다.

하지만 이건 어느 쪽이 잘못했다고 단정 지을 수 없다. 고객은 적지 않은 돈 내고 왔는데 이런 취급을 받으니 기분 나쁘고, 가이드는 저가 패키지 왔으면 당연히 옵션이나 쇼핑을 좀 해줘야지 생각한다. 근본적인 것을 해결하지 않으니 이런 좋지 않은 흐름이 계속 반복되는 것이다.

지금은 그래도 3NO(노쇼핑, 노옵션, 노팁)라고 현지에서 추가 비용을 지불할 필요 없는 상품들도 많이 생겨 서로 윈윈하는 분위기가 되어가고 있다.

이렇듯 동남아 현지가이드는 그렇게 많은 돈을 벌지 못할 수도 있다. 대부분 랜드사(현지 여행사)에 소속되어 일하는데 번 돈을 회사와 나눠 가져야하기 때문에 관광 안내 외에 '영업직'이라고도 할 수 있다.

여행하는 직업이라고 해도 계속 같은 관광지만 다니면 재미는 떨어질 수 있다. 그럼에도 해외에 살고 싶은 국가나 도시가 있다면 그 나라의 언어와 문화를 배워 취업해보면 어떨까. 실제로 구직 사이트에 가보면 현지에 체류하면서 일 할 가이드를 많이 뽑는다. 생각한 것과 다르다며 다시 한국으로 돌아오는 수도 적지 않지만 여행가이드야 말로 여행업계에서는 현지에서 살면서 여행도 하고, 안내도 하는 흥미로운 직업임에는 틀림없다.

[시링]

04 : 시팅 가이드(Seating Guide) 가 뭐지?

여행사 OP라면 시팅 가이드(Seating Guide) 개념을 알아두자. 베트남이나 말레이시아 같은 나라들은 국가법 상, 일정 인원 이상의 단체가 여행을 할 때 무조건 현지인 가이드 한 명을 버스에 태워 행사해야 한다. 자국민 일자리 보호를 위해 한국인가이드가 공항에 출입하는 것을 금지하기 때문에 공항에서 조금 벗어난 시내까지는 현지인가이드와 이동한다. 소통의 어려움이 있을 수 있기 때문에 이렇게 현지인 가이드를 먼저 만나는 여행지는 사전에 고객들에게 정보를 제공해야한다.

관광통역안내사

문화체육관광부에서 실시하는 통역분야 유일한 국가공인자격증으로 위에서 소개한 국외여행인솔자와는 비교가 안 되는 어려운 시험을 통과해야한다. 한 가지 중요한 사실은 관광통역안내사의 주요 활동지는 한국이다. 바로 한국으로 관광을 온 외국인 관광객들을 대상으로 한국의 문화와 역사, 관광지를 소개하는 역할인데 우리나라에 대한 올바른 역사와 문화를 세계 사람들에게 소개하기 위해서는 전문지식을 갖춰야한다.

다양한 언어로 응시가 가능하며 우리나라에 대해 많은 공부를 해야 한다. 대부분 프리랜서로 활동하기 때문에 본인이 일하는 만큼 벌 수 있다. 나이나 학력 같은 응시 제한이 없어서 경력 단절된 주부들도 많이 준비하는 직업이다. 본인이 언어에 능력이 있다면 이 관광통역안내사를 알아보자.

항공사 지상직

항공사 하면 제일 먼저 떠오르는 승무원도 있지만 공항에서 근무하는 지상직 직원도 있다. 지상직은 항공사 소속일수도 있고 외주업체의 직원일 수도 있는데 대부분 외주업체 직원이다. 지상직 직원은 체크인 수속을 도와주는 역할로 국내 공항 뿐 아니라 항공사의 취항도시에 체류하며 근무를 하기도 한다. 국내의 몇 학원들은 해외공항에서 실습을 해볼 수 있는 수강과정도 진행하고 있으니 관심 있으면 찾아보자.

유니폼을 입고 공항에서 근무를 한다는 점에서 많은 대학생의 관심을 받고 있는 직업이지만 국외여행인솔자처럼 겉으론 좋아보여도 쉽지 않은 일이다.

내가 아는 지상직 친구는 새벽 비행기를 띄우기 위해 4시에 출근을 했는데 전날에도 밤늦게까지 근무해서 항상 피곤에 절어 살았다. 평소에 새벽 6시나 오후 2시 출근이 많았다고 하는데 새벽 4,5시에 출근하는 경우도 종종 있다고 하니 얼마나 피곤한지는 말 안 해도 알 것 같다.

생각보다 진상고객도 많아 고생이 이만저만이 아니다. 날씨 때문에 지연되는데 빨리 안 해준다고 뭐라 하는 사람, 무료허용수하물 무게를 넘어 추가요금이 발생하는데 '내가 00항공사(타 항공사) vip 고객인데 너네가 이러면 안 된다.'며 억지 부리는 사람, 다짜고짜 비즈니스로 업그레이드를 해달라는 사람 등 세상 참 다양한 사람이 산다는 걸 느끼는 하루, 하루가 계속된다.

공항에서는 1분 1초가 중요하기 때문에 출근하고 퇴근할 때까지 정신없는 시간이 지나간다. 월급이 많은 편도 아닌데 공항버스를 타고 다녀야하는 지역에 살고 있다면 교통비만 20~30만원이 깨질 수 있다. 그럼에도 불구하고 유니폼을 입는 직업을 꿈꾸거나 공항이라는 곳이 나의 일터가 된다는 것에 로망을 가지고 있다면 도전에 봄 직한 직업이다.

비교적 취업이 쉽고 회사에 따라 다르지만 항공권을 저렴하게 살 수 있다는 장점도 있으니 본인의 적성과 맞는지 잘 고려해서 선택하면 좋겠다.

여행크리에이터

크리에이터(creator)라는 단어의 의미 자체가 창조하는 사람이라는 뜻이기 때문에 여행크리에이터는 여행 유튜버가 될 수도 있고, 여행 작가나 여행 강사가 될 수도 있다. 나 또한 여행사OP와 국외여행인솔자 외에 여행인문학 강사, 여행 유튜버로도 활동하고 있다.

나는 강의를 할 때 여행 속에서 만나는 인문학, 여행을 즐기는 방법, 요즘 뜨는 여행트렌드와 같은 주제로 이야기를 한다. 나의 이야기가 가치로 인정받는 시대인 만큼 글 솜씨나 말재주가 있다면 관심을 가져볼 만하다.

기업처럼 사람도 하나의 브랜드로서 가치를 갖는다면 다양한 수익을 내는 파이프라인을 여러 개 심어놓을 수 있다. 나를 알리고 나를 브랜딩하는 것이 이 시대에서 정말 중요한 요소라는 것을 말하고 싶다. 된다하면 된다!

이 외에도 요즘 뜨는 직업 중에 크루즈 승무원도 있다. 한국에서도 크루즈여행이 점점 떠오르는 여행방법이기 때문에 전 세계적으로 한국어와 영어를 공통으로 할 수 있는 직원들을 더 많이 뽑을 것이다. 한 번 출항하면 배 안에서 몇 달간을 보내야 하지만 세계를 여행하는데 그만한 매력적인 직업이 또 있을까 싶다.

여행인문학을 강의하다. in 건강보험공단 인재개발원

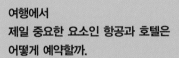

여행에서
제일 중요한 요소인 항공과 호텔은
어떻게 예약할까.

02 | CHAPTER _ 02
손님에게 신뢰받는
여행상담의 기술

해외여행인솔 중 호텔 체크인을 준비하며 in Innsbruck

실전에 투입되었을 때 바로 활용할 수 있는 업무들

이제부터는 실전이다. 여러분이 여행사직원으로 입사를 했다면 회사에서 어떤 상품이 판매되고 있는지 알아야한다. 패키지여행은 어떤 요소들로 구성되어 있는지, 지역별로 상담할 때 고려해야 할 사항이 무엇인지, 여행상품의 구조는 어떻게 이뤄져있는지 공부해야한다.

자유여행과 에어텔 상품의 차이는 무엇인지, 항공과 호텔을 판매할 때 주의해야할 사항은 없는지 확인해야한다.

이번 챕터에서는 다소 어렵고 무거운 내용들을 담고 있지만 실제 업무에 투입되었을 때 바로 활용할 수 있도록 최대한 자세히 적어두었다.

이 부분만 차근히 읽어나간다면 여러분은 분명 신입답지 않게 업무를 시작할 수 있을 것이라고 장담한다.

자유여행 상담의 기술

"자유여행 시장을 잡기 위한 고군분투"

자유여행에서 제일 중요한 요소인 항공과 호텔에 대해 중점적으로 다뤘는데
패키지에서도 활용할 수 있는 이론으로 소개했다.

자유여행 시장이 점점 커지고 있는 요즘,
'2030 배낭여행' 처럼 비슷한 또래끼리 모여 함께 여행하는 것이 인
기다. 여행사에서 판매하는 상품이 딱딱하게 느껴지는 젊은이들에
게 온라인 커뮤니티 사람들과 떠나는 여행은 부담스럽지 않고 설레
는 컨셉으로 자리 잡았다. 일부러 성비를 맞춰서 인원 구성을 하다
보니 그 안에서 수많은 커플이 탄생했다는 소문도 있다.

이처럼 온라인이 발달함에 따라 소비자가 선택하는 여행 상품이
꼭 여행사를 통해야한다는 틀이 깨져버렸다. 도리어 여행사가 이런
여행의 흐름을 뒤쫓아 가는 꼴이다. 심지어 단품으로 모든 것을 쉽
게 예약할 수 있고 여행사에서 판매하는 상품을 사는 것보다 개별
구매하는 것이 더 저렴하다고 생각하는 사람도 많아졌다.

그럼에도 불구하고 여행사에서는 패키지여행 뿐 아니라 항공과 호텔을 비롯한 자유여행 시장을 잡기 위해 고군분투하고 있다. 소비자 입장에서 개별 구매가 아닌 여행사를 이용하는 것이 더 합리적인 선택이라고 설득하기 위해서는 무엇보다 전문성이 중요하다.

이번 장에서는 여행에서 제일 중요한 요소인 항공과 호텔에 대해 중점적으로 다뤘는데 패키지에서도 활용할 수 있는 이론이기 때문에 꼼꼼히 읽어보면 좋겠다.

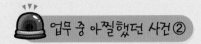

필리핀에서 쫓겨날 위기의 손님

몇 년 전 퇴근 시간이 다 되어갈 무렵, 전화가 한 통 왔다. 내가 보라카이 패키지여행을 예약해드렸던 손님의 전화였다. 여행사를 다니다보면 느낌이 좋지 않은 전화들이 있는데 그날의 전화가 딱 그랬다. 아나나 다를까 필리핀의 입국규정 상, 부모님 두 분 모두가 함께 입국을 하지 않는 소아는 별도의 부가증빙서류가 필요한데 내 손님은 어머니와 아이들만 여행을 하는 팀이었던 것이다. 눈앞이 하얘지는 기분이었다. 이미 시간은 저녁 6시를 넘어가고 있었고 서류를 발급할 수 있는 동사무소는 문을 닫았다. 가족관계를 증명하는 서류를 떼어간다 해도 영문으로 번역공증을 하지 않는다면 사실상 완전한 서류를 준비했다고 볼 수 없었다.

수속을 도와주는 공항담당직원은 항공시간이 다되어가는데 어떻게 하냐며 재촉을 해오고, 서류를 준비할 수 있는 방법은 없고, 그 때의 상황이야말로 토사구팽이 아닐 수 없었다. 다행히 공항직원의 도움으로 한글로 된 증빙서류를 준비했지만 필리핀 공항에 도착한 뒤 입국거절을 당하거나, 벌금을 물 수 있는 상황을 완전히 배제할 수는 없었다.

손님에게는 현지에서 발생하는 비용이 있다면 전적으로 책임지겠 다며 안심을 시켜드린 뒤 비행기를 떠나보냈다. 결론은 다행히 무사 히 입국도 하고, 벌금도 면했지만 큰 일이 없었으니 망정이지 입국 을 거부당하기라도 했다면 정말 그 이후의 일은 상상하기도 싫다.

한 숨도 못 잔 그 날 밤이었지만 별 일이 없어 너무도 다행이었다. 무엇보다 내 손님이 즐거운 여행길에 걱정, 고민을 안고 가는 것이 너무 마음이 쓰여 더 잠 못 드는 밤이었다. 별 일이 없었다고 오히려 다독여 주는 손님께 너무도 감사해서 나는 사비로 작은 케이크 쿠폰 을 하나 보내드렸다. 나처럼 당황스러운 일이 생기지 않도록 여행지 별 출입국 규정과 정보들을 꼼꼼히 신경써야한다.

01

항공에 대한 아주 간단한 기술

항공은 우리 업무 중에 가장 어려운 일이라고 해도 과언
이 아니다. 기본적으로 알아야 할 것도 많지만 주의해야할 점도 많
기 때문이다. 여행사에서 항공만 담당하는 부서가 따로 있는 이유
다. 하지만 이 책은 항공 부서에 취직을 하기 위한 것이 아니라 OP
를 위한 책이기 때문에 항공업무의 아주 깊은 부분까지 이야기하지
는 않는다.

기본적으로 우리나라에 어떤 항공사가 있는지, 항공사에서 제공
하는 서비스에는 무엇이 있는지, 항공을 구매할 때 주의사항이 무엇
인지, 대형항공사와 저가항공사의 차이점은 무엇인지, 더 나아가 여
행사 직원으로서 안내할 때 주의해야할 점은 무엇인지에 대해 이야
기해보려고 한다.

여행업이 한창 호황을 누리던 시절에는 항공권 판매독려를 위해 항공사에서 여행사에게 소위 '커미션(Commission) – 수수료'을 제공했었다. 말 그대로 여행사는 해당 항공사의 티켓을 판매하면 항공가의 일부를 현금으로 돌려받을 수 있었다. 당연히 항공티켓 판매는 여행사의 직접적인 이익으로 이어졌다.

하지만 오늘날 항공티켓은 버스나 기차표를 끊는 것처럼 누구에게나 쉬운 일이 되었다. 물론 항공사에서 여행사에 수수료를 제공하는 것은 먼 옛날 일이 되었고 지금은 슬프게도 '제로컴(0 COM)' 시대가 되었다.

이런 상황에서 여행사들은 항공권을 문의 받아도 저렴한 금액으로 안내하기는 고사하고, 일하는 것에 대한 대가로 손님에게 '여행업무 취급수수료(TASF, Travel Agency Service Fee)'를 추가로 받을 수밖에 없게 되었다. 그 말은 즉, 수수료를 추가로 받지 않고 항공권만 팔아서는 남는 것이 없다는 뜻이다.

그럼 어떤 사람들이 굳이 추가로 수수료를 내면서까지 여행사에 항공권을 문의할까? 바로 기업이나 사업가다. 출장이 많은 기업에서는 항공비서 개념으로 여행사를 이용한다. 특히 현지에서 일정 변동이 생겨 날짜나 지역변경이 필요할 때 항공사나 직접 예약한 사이트에 들어갈 필요도 없이 여행사 직원에게 연락하면 손쉽게 일처리가 가능하기 때문이다. 고객의 입장에서 여행사를 이용하면 다양한 부가서비스도 받을 수 있다. 사전좌석배정, 마일리지적립, 비자체크, 영수증 증빙처리, 변동사항에 대한 안내서비스, 일정 변경 등의 업무가 이에 속한다.

'당장 오늘 밤 떠나는 급한 항공티켓을 찾을때', '흔하지 않은 경로로 이동을 할 때', '현지에서 귀국 편에 대한 변경여부가 확실할 때' 처럼 혼자서 해결하기 어려운 경우 개인여행자들도 여행사를 이용한다.

이처럼 항공권을 구입하는 것은 너무나도 쉽지만 경우에 따라 수수료를 지불하고 여행사를 이용하는 경우도 많다. 대부분의 회사들은 한번 정한 거래처를 쉽게 바꾸지 않기 때문에 만약 여러분이 친절하고 빠르게 항공 업무를 처리해서 지속적인 상용거래처를 만든다면 회사에서 능력 있는 직원이 될 수 있다. 그러기 위해서는 CRS의 활용도를 높이는 것이 우선이다.

회사에 발권 건수가 많아지면 항공사나 제휴 BSP 발권 여행사로부터 VI(Volume incentive)를 제공받거나 발권 프로모션으로 추가 혜택을 받기도 한다.

내가 다니는 여행사는 ATR이기 때문에 발권권한이 없어서, BSP에 발권을 의뢰하는데 내가 이용하는 BSP에서는 VI는 물론, 유럽이나 미주 구간을 대한항공 비즈니스로 발권 했을 때 티켓 당 10만원의 추가 커미션을 제공한다. 그래서 대한항공 비즈니스를 많이 탑승

하는 회사를 거래처로 두거나 항공 금액이 커서 VI를 받을 확률이 높아지는 장거리 구간을 많이 발권하면 손님에게 받는 발권 수수료 외의 추가 수익을 챙길 수 있다.

다은 언니, ATR은 뭐고 BSP는 뭐예요?

각각 'Air Ticket Request', 'Billing and Settlement Plan'의 약자야. 어려운 단어의 유래는 건너뛰고 기능적인 부분만 설명하자면 BSP는 자체 발권이 가능한 여행사, ATR은 자체 항공 발권이 불가한 여행사야. ATR여행사들은 직접 항공사에 ATR발권을 하기도 하지만 보통 BSP여행사에 항공발권을 의뢰해. 네가 작은 여행사에 취직을 한다면 ATR여행사일 확률이 높아.

대한민국의 모든 항공사 알아두기

우리나라에는 2개의 대형항공사와 6개의 저가항공사, 총 8개의 국적항공사가 있었는데 2019년에 새로 면허를 취득해 취항을 시작한 플라이강원까지 총 9개가 되었다. 추가로 2개의 항공사가 신규 취항 준비 중에 있다. 아마 이 책이 나올 쯤에는 총 11개의 항공사를 보유한 나라가 되어있을지도 모르겠다. 작은 나라에 항공사가 참 많기도 하다. "가격경쟁이 심해지면 소비자에게 좋지 않을까?"라는 생각을 할 수 도 있지만 장기적으로 봤을 때 이런 시장 상황이 우리에게 좋은 영향을 미칠지는 두고 봐야 알 것 같다.

다시 본론으로 돌아와서 2,000년대 초반부터 저가항공사가 다수 생기면서 내국인의 저가항공 이용률이 점차 높아지고 있다. 한번은 내 손님이 단거리 여행으로 한 저가항공을 이용한 적이 있는데 본인은 다시는 그런 항공사를 타지 않을 거라며, 세상에 그렇게 떨리는 항공기는 처음 타본다며 농담반 진담반으로 말했던 기억이 있다.

저가항공이라고 해서 안전문제를 소홀히 하는 것은 절대 아니지만 기체가 작기 때문에 생기는 흔들림이나 서비스 부분에서 아쉬움을 토로하는 사람들도 있는 만큼 대형항공사와 저가항공사의 장, 단점은 명확하다.

앞서 이야기 한 대형항공사와 저가항공사, 이들을 각 FSC와 LCC로 부른다. FSC는 'Full Service Carrier'의 약자로 우리나라에서는 대한항공과 아시아나가 이에 속한다.

LCC는 'Low Cost Carrier'의 약자로 저비용항공사라는 뜻이다. 제주항공, 진에어(대한항공 자회사), 이스타항공, 티웨이항공, 에어부산(아시아나 자회사), 에어서울(아시아나 자회사)이 이에 속한다. 새로 취항한 플라이강원은 LCC가 아닌 관광과 항공운송사업을 융합한다는 뜻의 TCC(Tourism Convergence Carrier)라고 스스로를 소개하고 있다.

간혹 손님들이 국적항공사=FSC로 착각하는 경우가 있는데 '국적 항공사'는 말 그대로 대한민국 국적을 가지고 있는 항공사를 말한다. 즉, FSC와 LCC 모두 국적사가 되는 것이다. 외국항공사가 국적 항공사의 반대말이다. 국적사 내에서는 대한항공, 아시아나 아니면 저가항공사라고 구분을 하는 것이 손님과 소통하기 쉽다.

국적 항공사의 기본 정보(2020년2월27일 기준)

항공사	설립년도	마일리지 유무
대한항공 (KE)	1969년	스카이 패스
아시아나 (OZ)	1988년	아시아나 클럽
제주항공 (7C)	2005년	리프레시 포인트
진에어 (LJ)	2008년	나비 포인트
이스타 (ZE)	2007년	없음
티웨이 (TW)	2010년	없음
에어부산 (BX)	2007년	스카이 패스
에어서울 (RS)	2015년	없음
플라이강원 (4V)	2016년	없음

설립년도와 첫 취항일자는 다르기 때문에 가볍게 참고만 하길 바란다. 에어부산과 에어서울은 아시아나의 자회사이기는 하지만 별도의 회사이기 때문에 아시아나 항공의 마일리지를 공유하지 않는다. 다만 아시아나와 공동운항을 하는 편명으로 에어부산과 에어서울을 이용한다면 공동운항 편에 한하여 마일리지를 적립할 수 있다. 단, 예약한 좌석의 등급에 따라 적립률이 다르고 초특가는 적립 자

체가 불가할 수 있다.

대한항공의 자회사인 진에어도 마찬가지로 자체 포인트 제도를
시행하며 대한항공과 공동 운항하는 편명에 한해 대한항공 마일리
지인 스카이패스 적립이 가능하다.

여기서 주의해야할 점은 공동운항인 줄 모르고 대한항공이나 아
시아나를 판매했는데 LCC를 탑승하게 된다면 컴플레인으로 이어질
수 있다. 특히 수하물 규정 또한 실제 탑승항공사의 규정으로 적용
되는 점을 유의해야한다.

 │ 다은 언니, 편명이 뭐예요?

E-Ticket에서 'KE123', 'OZ123' 같은 글자들을
본 적 있을 거야. 여기서 KE와 OZ은 대한항공과 아시아나 항공의
'2 LETTER CODE' 인데 IATA(국제항공운송협회, International Air
Transport Association)에서 부여하는 이 2 LETTER CODE는 전 세
계 모든 항공사들이 가지고 있는 기호야. 취항지역과 항공사별 규
칙을 기반으로 숫자가 정해지면 그것이 합쳐져서 편명이 되는 거
야. 필수로 알아야하는 주요 항공코드는 CHAPTER4 에서 확인
해보고 외워두면 좋아.

이와 관련해 이런 논란도 있었다. 대한항공이나 아시아나가 FSC
금액으로 소비자들에게 항공권을 판매해놓고 자체운행이 아니라 자

회사인 저가항공을 이용해 실제운항을 하는 것은 소비자들을 기만한 것이 아니냐는 의견이었다. 소비자 입장에서는 마일리지가 적립된다고 해도 기내식, 기내 서비스 면에서 차이가 있는데 FSC 티켓값으로 받아도 되냐는 불만이었다. 하지만 항공사측은 사전에 공동운항임을 명시했기 때문에 문제가 없다는 형식적인 답변만 했다. 내가 직접 항공사의 판매요금 테이블을 열어볼 수는 없지만 만약 자체운항과 저가 항공을 이용한 공동 운항의 요금을 동일하게 판매한 것이 맞다면 오해의 소지를 피할 수는 없어 보인다.

고객들이 직접 구매를 했을 때도 이런 문제가 생기는데 만약 여행사 직원이 사전에 고지하지 않고 항공을 판매했다면 고객의 컴플레인은 뻔하다. FSC와 LCC, 이 둘의 서비스 차이를 알고 있어야 공동운항 편임을 알고 판매할 때도 정확한 안내가 가능하다.

[시럽]

05 : 공동운항이 뭘까?

공동운항은 코드 셰어(Codeshare)라고도 부르는데 항공 동맹끼리 수익과 노선의 확장을 위해 협약을 맺고 운항하는 것을 말한다. 쉽게 말해 실제 탑승항공사는 1개인데 2개의 항공사가 1개의 항공기 편명을 동시 판매하는 것이다. 실제 탑승항공사는 좌석을 나눠 팔아서 좋고 판매 항공사는 취항하지 않는 노선을 실제 운항하지 않고 판매할 수 있어서 좋다. 손님 또한 세계의 다양한 항공 동맹체끼리 진행하는 공동운항탑승 시 마일리지 적립을 효율적으로 할 수 있어서 좋다. 만약 국적기가 취항하지 않는 국제선 노선이 있는데 공동운항 편명이 있다면 국적기의 마일리지를 적립하면서 외국항공사를 탑승할 수 있다. 판매하는 항공사를 'Marketing carrier', 실제 운항하는 항공사를 'Operating carrier' 라고 부른다.

국적 항공사의 수하물 규정

항공사는 보통 티켓 값에 위탁 수하물 요금을 포함해서 판매한다. 하지만 최근 저가항공의 가격경쟁이 심해지고, 여행객들에게 좀 더 합리적인 금액을 제공하기 위해 수하물이 불 포함된 요금도 판매하고 있다. 나 같은 경우에도 중국이나 일본처럼 가까운 여행지를 갈 때에는 기내용 캐리어로 충분히 짐 꾸리기가 가능하기 때문에 일부러 위탁 수하물이 불 포함된 특가요금으로 구매한다. 단, 수하물 불 포함 특가는 LCC만 해당된다.

일반 여행객이 스스로 구매할 때는 상관없지만 여행사 직원이 항공을 판매할 때는 꼭 수하물 포함유무를 확인해서 안내해야한다.

저가항공사라고 모든 좌석에 수하물을 불 포함해서 파는 것은 아니고 '특가 클래스' 에만 적용한다. 여기서 말하는 '클래스' 는 예약 클래스(Booking Class)를 말하는데 '탑승 클래스' 와 '예약 클래스' 의 차이를 먼저 짚고 넘어가도록 하자.

먼저 우리가 잘 아는 퍼스트(First), 비즈니스(Business), 일반석(Economy)은 탑승 클래스를 구분해 놓은 것이다. 그렇다면 예약 클래스란 뭘까?

각 탑승 클래스 내에서도 규정에 따라 등급이 나눠지며 그것을 예약 클래스라고 한다. CRS에서 스케줄을 조회했을 때 나오는 Y,M,B,E 같은 알파벳이 바로 예약 클래스다. 아직 CRS 보는 방법을 모르는 독자들이 많을 테니 궁금하다면 최근 다녀왔던 항공권을 열어봐도 좋다.

예약 클래스는 수하물 포함유무, 항공 규정에 따라 분류하며 요금 차이가 있다. 저렴한 요금이 판매되면 높은 금액으로 올라가며 계단식으로 판매되는 방식이다.

고객에게 클래스라는 표현을 쓰면 비즈니스, 일반석 같은 탑승 클래스의 개념만 떠올리기 때문에 "일반석 내에서도 예약등급에 따라 금액이 달라진다."라는 식으로 표현을 하는 것이 의사소통에 도움이 된다.

잘 모르는 경우 일반석은 다 같은 금액으로 구매하는 줄 아는 사람도 있다. 대부분의 사람들은 내 옆자리에 앉은 사람이 나보다 훨씬 저렴하거나 비싸게 산 것이라고 생각하지 못한다.

아래는 FSC와 LCC의 국제선 위탁수하물 허용량과 개수를 적어

놓은 것이다. 항공사의 규정은 언제든 변경될 수 있으니 가볍게 참고만 하자.

국적 항공사의 국제선 수하물 정보(2020년2월27일 기준)

FSC	위탁 수하물 삼면의 합 158cm 이내		휴대 수하물 삼면의 합 115cm 이내
	미주 외 구간	미주 구간	
대한항공	일반석 : 23kg 1개 비즈니스석 : 32kg 2개 일등석 : 32kg 3개	일반석 : 23kg 2개 비즈니스석 : 32kg 2개 일등석 : 32kg 3개	일반석 10kg 프레스티지, 일등석 18kg
아시아나 항공	일반석 : 23kg 1개 비즈니스석 : 32kg 2개	일반석 : 23kg 2개 비즈니스석 : 32kg 2개	일반석 10kg 1개 비즈니스 10kg 2개

단, 대한항공은 브라질 출, 도착인 경우 일반석 또한 32kg 2개까지 허용된다.

LCC	위탁 수하물 삼면의 합 203cm 이내		휴대 수하물 삼면의 합 115cm 이하
이스타 항공	특가 운임	무료 위탁 수하물 불포함	7kg 1개
	할인, 정상 운임	15KG 1개	
에어부산	특가 운임	무료 위탁 수하물 불포함	10kg 1개
	실속, 일반 운임	15KG 1개(괌은 23KG)	
티웨이 항공	이벤트 운임	무료 위탁 수하물 불포함	
	스마트, 일반운임	15KG 1개(괌&사이판은 23KG)	
제주항공	FLY 운임	무료 위탁 수하물 불포함	
	FLY BAG 운임	15KG 1개(괌&사이판은 23KG)	
	FLY BAG+ 운임	20KG 1개(괌&사이판은 23KG*2개)	

에어서울	특가 운임	무료 위탁 수하물 불포함 (미주노선만 23KG*2개)
	정규, 할인운임	15KG 1개(미주노선만 23KG*2개)
진에어	동남아, 일본, 홍콩 마카오, 대만	15KG 1개
	중국 본토	20KG 1개
	괌, 케언스	23KG 1개
	호놀룰루	23KG 2개
	괌, 호놀룰루, 케언스는 삼 면의 합이 158Cm 이내	

만약 출, 도착 항공사가 다르거나 중간 구간 항공을 별도로 구매한다면 최소 단위 수하물 규정에 맞춰야한다. 출발 편은 20KG을 위탁할 수 있는데 중간 구간은 15KG만 허용한다면 당연히 15KG에 맞는 규정으로 준비해야 추가비용을 낼 일이 없다. 수하물의 허용범위를 넘으면 항공사의 규정에 따라 추가요금이 부과되며 일반적으로 사전에 구매하는 것보다 공항에서 물게 되는 추가요금이 더 비싸다.

골프여행을 가는 손님이라면 특히 수하물 규정을 정확하게 안내해야 한다. 대부분 골프가방과 일반 가방을 합친 무게가 무료 수하물 허용범위 내라면 문제없이 가지고 갈 수 있다. 항공권에 대한 수하물 및 환불규정 안내는 구두가 아닌 문자로 기록을 남기는 것이 중요하다.

여행사 직원이라면 항공 동맹(Airline alliance)에 대해 알아야 한다. 대한항공이 속한 '스카이팀(Sky Team)', 아시아나가 속한 '스타 얼라이언스(Star Alliance)', 아메리칸 에어라인이 속한 '원월드(One World)'가 이에 해당한다. 앞서 설명한대로 연합사들끼리 공동운항(Code Share)을 계획하기도 하고, 마일리지 공유를 통해 판매 효율을 높이기도 한다. 항공사 입장에서는 부담되는 노선을 연합사와 나눠서 운항을 할 수 있어서 좋고, 소비자 입장에서는 국적기 노선이 없는 구간을 외국항공사로 탑승해도 같은 팀의 대한항공이나 아시아나 마일리지로 부분 적립을 할 수 있으니 양측 모두에게 이득이 되는 셈이다.

예를 들어 대한항공만 놓고 본다면 120여개의 취항지가 있는데 연합사와 함께 공동운항을 하면 1,000개가 넘는 노선을 함께 판매할 수 있게 된다. 그야말로 매력적인 운영 방법이 아닐 수 없다.

항공 동맹	회원 항공사(2020.2.27. 기준)
스카이팀 19개 회원사	대한항공, 델타항공, 아에로멕시코, 중국동방항공, 에어프랑스, 중화항공, 중국남방항공, 체코항공, 알리탈리아항공, 가루다인도네시아항공, 베트남항공, KLM항공, 아에로플롯, 아르헨티나 항공 등
스타 얼라이언스 26개 회원사	아시아나항공, 에어인디아, 터키항공, 아나항공, 루프트한자항공, 오스트리아항공, 에어뉴질랜드, 유나이티드항공, 에바항공, 싱가포르항공, 에어캐나다, 에어차이나, 타이항공 등
원월드 13개 회원사	아메리칸에어라인, 일본항공, 카타르항공, 케세이퍼시픽, 콴타스항공, 핀에어, 영국항공, 말레이시아항공, 라탐항공, 시베리아항공 등

06 : 미주 행 항공권을 예약할 때는!

다른 국가도 마찬가지지만 특히 미주 구간은 최소 경유시간보다 조금 더 여유 있게 예약하는 것이 좋다. 입국심사를 받고 짐을 다시 찾아 붙이는 과정에서 시간이 부족해 경유 항공편을 놓치는 경우가 생각보다 많다. 전 세계 항공기가 취항하는 모든 공항은 MCT에 대한 기준을 가지고 있는데 MCT는 'Minimum Connecting Time' 의 약자로 해당 공항을 환승할 때 필요한 최소한의 시간을 말한다. 국내선-국내선, 국제선-국제선, 국제선-국내선, 이동할 공항에 따라서 같은 공항이라도 MCT는 달라진다. 우리가 공부하게 될 항공 CRS, 토파스와 아바쿠스에서는 이 MCT를 쉽게 조회해볼 수 있는 지시어가 있으니 활용하면 된다.

밥 잘 주는 항공사(FSC)와 밥 안주는 항공사(LCC)는 어떤 차이가 있을까?

우리는 항공가격경쟁이 폭발적인 시대에 살고 있다. 대한항공과 아시아나 같은 FSC도 자회사로 LCC를 내놓으면서 저가항공간의 가격경쟁도 치열해졌다. FSC와 LCC는 서비스의 질, 마일리지 제도, 무료 사전좌석배정, 기내식 제공, 기내 엔터테인먼트 제공, 좌석 간의 거리, 취항 노선의 다양성, 항공기와 노선의 개수, 승무원의

수, 비행기 정시출발 비율, 넉넉한 수하물의 크기와 무게 등 다양한
차이점이 있다. 저가항공은 저렴한 것이 가장 큰 장점이지만 그만큼
주의 깊게 확인할 사항들이 있다.

■ 수하물이 포함되어 있는가?

앞에서 말했듯이 수하물이 포함되지 않은(특히 국내선) 저렴한 운임
을 판매하는 것은 가격을 낮추기 위한 항공사의 판매 전략이다. 물
론, 짐이 별로 없어서 수하물 없는 저렴한 요금을 찾는 사람들도 있
지만 간혹 이를 모르고 공항에 갔다가 울며 겨자 먹기로 추가요금을
내는 경우도 있다. 싸다고 좋아서 구매한 항공권이 결국엔 더 비싼
항공권이 돼버린 것이다.

■ 항공규정은 어떠한가?

항공을 안내할 때는 다음의 5가지를 확인해야한다. LCC에만 해당
하는 확인사항은 아니지만 FSC보다 규정이 좀 더 까다롭다는 점을
강조하고 싶다.

항공규정 확인 시 중요한 5가지 사항

1. 발권시한=TL(결제시한) 2. 날짜변경 가능여부 3. 항공 유효기간 4. 환불 위약금
5. 비자 필요 여부

저렴한 항공권=까다로운 항공규정, 이 공식이 절대적이지는 않지

만 저렴한 만큼 발권 이후의 상황에 대해서는 불편함을 감수해야 하는 경우가 많다. 보통 예약 전에 항공 일정과 규정을 조회해서 손님에게 안내한다. 이처럼 규정은 미리 조회해서 보내주지만 발권시한이라는 것은 예약하기 전에 미리 알 수는 없다. AP(Advance Purchase)조건이라고 해서 예약등급마다 며칠 내 발권, 즉시 발권 등의 규정이 있긴 하나 실제 PNR을 생성해야 정확한 TL을 알 수 있다. 발권 시한이 지나면 시간을 임의로 연장하는 것은 불가하고 새로 예약을 해야 한다.

토파스에서 AP조건을 조회하면 이런 문구가 뜬다.

TICKETING MUST BE COMPLETED WITHIN 3 DAYS AFTER RESERVATIONS ARE MADE OR AT LEAST 7 DAYS BEFORE DEPARTURE WHICHEVER IS EARLIER

영어라서 어려워 보일 수 있지만 읽어보면 별 거 없다. '예약 후 3일 이내 또는 출발 7일전 날짜 중 더 빠른 날짜까지 발권을 해야 함'이라는 뜻이다. 다른 말없이 'RESERVATIONS FOR ALL SECTORS ARE REQUIRED' 라고만 써있다면 별도의 AP조건이 없는 것이니 PNR 상 기본적으로 기재되어있는 시한까지만 발권하면 된다. 출발 날짜가 임박하거나 저가항공이라면 특히 즉시 발권이 요구되는 경우가 많다.

손님이 단순 왕복(똑딱이)이 아니라 장기체류 예정이거나 귀국 날짜가 미확정인 사람이라면 변경과 환불의 가능성을 염두에 두고 규정을 확인해야 한다. 그런데 땡처리 특가 같은 저렴한 티켓은 변경이 불가하거나 변경 위약금을 많이 낼 확률이 높다.

날짜 변경이 가능하더라도 고객이 원하는 귀국 시점이 항공 유효기간 이후의 날짜라면 남은 항공권을 버려야 한다. 예를 들어 1월1일 출발해서 대략 6개월 정도를 체류하고 싶은 손님에게 유효기간 3개월짜리 항공권을 예약해준다면 어떻게 될까? 경우에 따라 추가금액을 내고 유효기간을 연장할 수도 있으나 사전에 확인하는 것이 옳다.

다은 언니, 똑딱이가 뭐예요?

여행사에서는 단순 왕복을 이렇게 표현해. 같은 출발지에서 하나의 목적지에 갔다 오는 것. 예를 들어서 인천-북경-인천 / 부산-상해-부산 이렇게 단순 왕복을 똑딱이라고 해.

비자가 필요한 나라라면 고객이 가진 비자의 체류 허용기간 안의 날짜로 귀국 항공권을 소지해야 해당 국가 입국 시 문제가 되지 않을 수 있다. 만약 가지고 있는 비자의 체류 가능기간 이상으로 체류하고자 한다면 입국 한 후에 귀국날짜를 변경하면 된다.

내가 상담한 손님 중에 호주 시드니를 입국할 예정인데 귀국 일정을 정하지 않은 사람이 있었다. 90일간 체류가 가능한 관광 비자를 소지하고 있었기 때문에 시드니 입국일 기준으로 90일 내에 다시 호주에서 출국을 해야만 했다. 편도 항공권만 가지고 입국을 할 경우, 공항 입국심사 담당자에 따라 입국을 거부하거나 자세한 질문들을 여러 차례 받을 수도 있다. 불법체류자로 호주에 남아있을 수 있기 때문에 입국심사관은 까다로울 수밖에 없다.

그래서 그 손님은 90일 이내의 임의 날짜로 발권을 했고 시드니에 입국한 뒤 귀국 날짜를 변경했다. 현지에서 비자를 변경해서 체류하려는 건지 불법체류를 하려는 건지는 모르겠다.

07 : NO SHOW 노쇼 VS GO SHOW 고쇼

노쇼는 예약 후에 취소 없이 나타나지 않는 예약부도다. 노쇼가 확정되면 같은 PNR안에 있는 다음 여정들은 도미노처럼 다 이용하지 못한다. 이건 전 세계 공통된 규정으로 항공권은 여정의 순서대로 이용해야 한다는 규칙에 어긋나기 때문이다.

고쇼는 노쇼와 반대말로 예약 없이 나타나 대기한다는 뜻이다. 공항에서 급하게 탑승을 해야 하는 사람들이 취소자가 나올 때까지 대기를 하는 상황을 말한다. 이 용어들은 항공사뿐만 아니라 호텔 등 여행업계에서 전반적으로 사용하니 알아두자.

오버부킹(OVER BOOKING)이라는 단어도 알아두면 좋은데, 오버부킹이란 예약초과라는 뜻으로 항공사에서 노쇼로 인한 손실에 대비해 탑승 기준보다 더 많이 예약 받는 것을 말한다. 오버부킹이 되었을 때 항공사는 탑승 포기 승객에게 혜택과 보상금을 제공한다.

워낙 노쇼승객이 많으니 그럴 경우를 대비해서 오버부킹을 받는 것인데 사실 참 잘못된 관행이다.

출장 중 호텔을 둘러보며 맥주 한 잔 in Hwaii

■ 무료 사전 기내식 신청(FSC 항공사 한정)

사전에 미리 원하는 기내식을 신청하면 일반식이 아닌 특별주문식으로 식사를 제공받을 수 있다. 특별주문식에는 종교식이나 야채식, 과일식 등이 있다. 아이들과 함께 여행하는 손님에게는 소아식사를 희망하는지 의사를 물어보는 것이 좋다. 소아식사는 스파게티, 돈가스 같은 아이들 맞춤 식단으로 준비되어 있다. 따로 신청하지 않아도 성인과 같은 식사가 제공되지만 나중에 안내해주지 않았다며 컴플레인을 받을 수 있다. 성인은 특별한 요청이 없는 경우 일반식으로 자동 신청이 되기 때문에 크게 신경 쓰지 않아도 된다.

대한항공과 아시아나는 기내에서 간단한 스낵이나 음료, 맥주, 와인 등을 무료로 제공한다. 만약 식사 후에도 출출하다면 승무원에게 따로 요청해 서비스를 받을 수 있다. 대한항공이나 아시아나 홈페이지를 들어가면 노선별로 기내식이 제공되는 시간대와 기내 서비스 순서를 확인할 수 있다.

나는 장거리 패키지를 안내할 때 기내식을 제공하는 항공사에 한해 기내식 제공 횟수와 간식 제공 횟수를 같이 안내한다. 기내식 무료 제공여부를 모르고 공항에서 식사를 하는 손님도 있기 때문이다.

물론 저가항공도 사전에 비용을 지불하면 기내식을 신청할 수 있다. 자유여행이든, 패키지든 저가항공을 이용하는 손님에게는 무료로 기내식이 제공되지 않는다는 것을 안내해야한다.

혹시 여행기간 중에 생일이나 신혼여행 같은 기념일이 있다면 항공사에 요청해 축하서비스를 받을 수 있다.

■ 사전좌석배정

많은 사람들이 알다시피 LCC는 무료로 사전좌석배정을 제공하지 않는다. 물론 추가 요금을 낸다면 비상구석까지도 구매가 가능하다.

반면 FSC는 무료로 사전좌석배정을 할 수 있다. 단, 탑승시간이 얼마 안 남았거나 이벤트운임으로 구매를 했다면 사전배정이 불가하다. 이런 경우에는 출발 전에 모바일 체크인을 할 때 좌석지정까지 같이 진행을 하거나 출발 당일 공항에서 배정받아야 한다.

내 손님 중에는 일부러 좌석배정을 하지 않고 출발 당일에 일찍 나가 체크인 카운터 직원에게 비상구좌석을 요청하는 사람도 있다.

만약 항공기 전체가 예약이 다 차버린 풀부킹(Full booking) 이 아니라면 체크인 막바지에 수속을 해서 옆자리가 비어있는 좌석으로 배정을 요청하는 방법도 있다. 운이 좋은 경우 일반석 좌석 1개를 예약하고 3~4좌석을 무료로 누워서 이용할 수 있는 행운이 따를 수도 있다. 나도 급하게 내려야 하는 상황이 아니라면 일부러 항공기 맨 뒷좌석을 예약하는데 창가 쪽이 아닌 복도나 가운데를 예약할 경우 상대적으로 내 옆자리에 누군가가 앉을 확률이 낮다.

몇 년 전에 가족 손님의 항공권을 예약해드린 적이 있는데 A,B,C 열 중 아들과 본인을 A와 C로 배정해달라고 했다. 이유를 여쭤봤더니 그렇게 하면 B에 사람이 앉을 확률이 낮단다. 만약 사람이 앉는다고 하더라도 양해를 구하고 좌석 변경을 요청하면 될 일이니 밑져야 본전인 전략인 셈이다.

참고로 나는 손님들에게 단거리는 창가 쪽, 장거리는 복도 쪽에 앉는 것을 추천하곤 한다. 장거리는 화장실이나 자리를 움직일 때 안쪽 자리보다는 비교적 움직임이 용이하다는 장점이 있기 때문이다.

최근에는 아시아나 항공을 비롯한 많은 외국항공사들이 추가 비용을 받고 비상구석을 판매하고 있다. 비상구석이 안전과 직결된 자리인 만큼 돈을 받고 팔면 안 된다는 의견도 있지만 넓은 좌석을 선호하는 수요에 의해 항공사의 판매 전략 중 하나가 되었다.

항공CRS나 항공사 홈페이지에서 좌석배치도를 볼 수 있지만 '시트그루(seatguru)'라는 사이트에 접속을 하면 항공기의 크기와 좌석별 특징을 미리 확인할 수 있고, 화장실이나 갤리, 비상구의 위치 등을 파악할 수 있어 유용한 정보를 얻을 수 있다.

만약 성격이 예민한 편이라면 기체 흔들림이나 소음이 날 수 있는 날개 쪽 자리는 피하고, 사람들이 많이 드나드는 화장실 쪽이나 승무원들의 공간인 갤리 근처의 좌석은 피하는 것이 좋다. 항공권을 구매하기 전이라도 항공편명과 날짜만 알고 있다면 미리 좌석을 확인해볼 수 있다. 시트그루는 모바일 어플로도 설치가능하다.

홈페이지 https://www.seatguru.com/
모바일 어플 : seatguru

■ 웹/모바일 체크인 & 키오스크(Kiosk) 서비스

국제선을 탈 때는 항공기 출발 2시간 전, 미주구간은 3시간 전까지 공항에 도착하는 것이 안전한 출국 방법이다. 특히 여행객이 붐비는 성수기에는 더 일찍 도착해야 한다.

최근에는 공항 대기시간을 줄이기 위해 항공사와 공항공사에서 다양한 서비스를 제공한다. PC에서 사전 체크인을 할 수 있는 '웹 체크인'이나 핸드폰 어플로 수속할 수 있는 '모바일 체크인', 공항에서 긴 줄을 기다리지 않고 기계로 수속을 할 수 있는 '키오스크 서비스'가 그 방법이다.

체크인이 끝난 뒤 붙일 짐이 있으면 셀프백드롭(Self bag drop) 기계를 통해 짐을 붙이거나 항공사 짐 수속 카운터에 줄을 서서 짐만 별도로 위탁한 뒤 출국심사를 받으면 되고 기내 휴대 수하물만 있다면 바로 출국심사를 받으러 이동하면 된다.

■ 도심공항터미널 체크인

도심공항터미널 체크인은 인천공항을 이용해 출국하는 손님들에게 제공하는 서비스다. 공항보다 접근성이 좋은 도심에서 빠르게 수속을 할 수 있게 도와준다. 도심공항 터미널은 서울역, 광명역, 삼성역에 위치해 있고 각 터미널마다 서비스 이용시간과 제휴 항공사가 다르다. 도심공항 터미널을 이용하면 좋은 장점 3가지를 소개한다.

1. 사전 체크인이 가능하기 때문에 영업시간 내 원하는 시간에 미리 방문할 수 있다.(단, 항공사별 수속마감시간을 확인해야한다.)

2. 수하물을 위탁한 뒤 짐 없이 인천공항까지 빠르고 편한 이동이 가능하다.

3. 인천공항 도착 후 도심공항 터미널 이용객 전용출국 통로를 이용해 빠른 출국이 가능하다.

■ UM 서비스 : 비 동반 소아 서비스

Unaccompanied Minor의 약자인 UM은 어린이가 보호자 없이 혼자 항공기를 탑승하는 경우 출발 공항에서부터 목적지에 도착할 때까지 승무원이 함께하며 안전한 여행을 도와주는 서비스다. 우리나라에서는 현재 대한항공, 아시아나, 에어부산, 제주항공, 에어서울 이렇게 5개 항공사가 해당서비스를 제공하고 있다.

항공사별 금액은 상이할 수 있는데 대부분의 항공사가 UM서비스를 이용하는 소아에게 '성인운임적용 + 구간 당 서비스 요금'을 추가로 받고 있다.

항공사별로 UM서비스 신청이 필수인 나이와 가능한 나이를 구분해 놓는다. 보통 만 5세~만 12세 미만의 아이가 혼자 여행하는 경우 필수로 UM 서비스를 신청해야하고, 만 12세~만 17세 미만의 아이가 혼자 여행할 경우 필수는 아니지만 추가요금을 내면 신청할 수 있다.

이 서비스를 이용할 때 가장 중요한 것은 출발지 공항과 도착지 공항에서 각각 보호자가 승무원에게 아이를 직접 인계해주어야 하므로 공항마중은 필수로 진행되어야한다.

이 서비스를 신청하는 사람들이 많지는 않으나 알아두면 상담 문의가 왔을 때 빠른 대처가 가능하다.

 [시렁]

08 : 소아와 유아는 어떤 기준으로 구분할까?

예약일이 아닌 출발일 기준으로 만 2세~12세 미만을 소아, 만 24개월 미만을 유아로 구분한다. 항공과 호텔 모두 공통으로 적용된다. 그럼 만 13세는 어떻게 될까? 정답, 만 12세가 넘었기 때문에 성인이 된다. 실제로는 초등학교 6학년 밖에 되지 않은 어린이지만 여행을 예약하는 기준으로는 성인으로 구분된다.

그리고 항공에서 소아는 좌석을 점유하지만 유아는 점유하지 않는다. 만약 희망한다면 유아도 좌석을 점유하는 소아운임으로 예약할 수 있지만 대부분은 아기바구니를 이용하거나 보호자인 성인이 안고 탄다. 만나이 계산기를 이용하면 출발일과 생년월일 넣고 쉽게 조회가 가능하다.

알아두면 쓸모 있는 다양한 경유의 수

경유를 선택하는 이유는 다양하다. '저렴한 항공권을 구매하기 위해서', '추가로 다른 도시를 구경하기 위해서', '직항이 없는 노선이기 때문에', '컨디션 조절을 위해서' 같은 이유다.

내 손님 중에 기내 흡연이 안 되니 흡연도 하고 몸의 휴식도 취할 겸 일부러 경유를 하는 사람도 있었다. 물론 이런 일은 거의 없고 나도 처음 봤다.

또 한 가지 예를 들면 '파리 샤를드골(Paris Charles de Gaulle) － CDG' 공항을 싫어하는 손님도 있었다. 목적지가 유럽의 소도시였기 때문에 직항 노선이 없어서 무조건 경유를 해야 했는데 CDG 공항이 싫다고 해서 CDG를 무조건 경유해야만 하는 에어프랑스 항공사(AF)를 제외하고 다른 유럽항공사로 안내를 한 적이 있다. 아직도 그 손님이 그 공항을 왜 싫어했는지는 모르겠지만 안 좋은 기억이 있거나 다소 복잡한 것이 싫었던 것 같다. 사실, CDG 공항이 좀 복잡하긴 하다.

이렇듯 우리는 손님의 목적에 맞게 알맞은 경유 방법을 안내해야 한다. 그 전에 어떤 경유의 종류들이 있는지 알아보도록 하자.

우리가 가장 흔히 알고 있는 첫 번째 경유방법은 '트랜스퍼(Transfer)', 환승을 의미한다. 트랜스퍼는 경유지에서 항공기를 갈아타야하는데 짧은 경우 1시간 이내, 길게는 10시간이 넘도록 공항에서 대기해야 한다. 최초 출발지 공항에서 전체 여정의 항공권을 다 받는 경우가 있는 반면, 항공사나 공항에 따라 환승지에서 환승 구간의 항공권을 추가 발급받고, 짐을 찾아 다시 붙여야 할 수도 있다. 트랜스퍼를 할 때 가장 중요한 것은 공항 환승에 필요한 최소 시간을 확인하는 것인데 앞에서 설명한 MCT(Minimum Connecting Time)가 그것이다. 환승할 때 터미널 이동이 있는지도 확인해봐야 한다. 트랜스퍼는 직항이 없는 곳을 가거나 저렴한 요금을 원하는 손님에게 안내하는 경유 방법이다.

손님들은 "최대한 경유시간 짧은 것 중에 싼 걸로 안내해주세요~"라고 하는 경우가 대부분이다. 나는 직항이 있는 구간이라면 직항과 경유를 각각 안내하고, 경유만 있는 구간이라도 2~3가지의 비교 선택지를 주는 편이다.

두 번째는 '트랜짓(Transit)', 통과, 환승을 의미하는데 트랜스퍼와 달리 경유지에서 같은 항공기를 타고 다음 목적지로 이동하는 것이다. 경유시간이 짧을 때는 기내에서 대기를 하고 때로는 기내 밖 게이트에서 대기를 한다. 보통 항공사가 트랜짓을 하는 이유는 해당 공항에서 추가로 승객들을 태우거나 승무원 교대, 식수 및 기내식, 급유 보충 같은 일을 하기 위해서다. 짧은 시간 머물렀다가 출발을 하지만 트랜짓 또한 항공 예약 시 별도 안내를 해야 한다.

마지막으로 '레이오버(Layover)'와 '스탑오버(Stopover)', 이 2가지의 차이는 24시간 미만으로 체류하느냐, 이상 체류하느냐의 차이다.

스탑오버를 고려할 때 한 가지 꿀팁을 알아두면 여러모로 쓸모가 있다. 바로 전 세계의 모든 항공사는 소속 국적의 허브공항(Airline hub, 거점공항, 그 지역의 중심 공항)을 필수로 경유해야만 한다는 것이다. 예를 들어 대한항공이 인천이 아닌 도쿄에서 출발을 했다고 가정하자. 도쿄에서 출발한 비행기는 최종 목적지가 인천이 아니라 다른 지역이더라도 무조건 인천을 경유해야만 최종 목적지로 갈 수 있다.

이처럼 어떤 지역을 스탑오버로 여행하고 싶다면 해당 국가의 국적항공사를 이용하면 된다. 홍콩을 여행하고 싶다면 케세이 퍼시픽(CX), 대만을 여행하고 싶다면 중화항공(CI), 파리를 경유하고 싶다면 에어프랑스(AF), 프랑크푸르트를 경유하고 싶다면 독일 항공사인 루프트한자(LH)를 이용하면 된다.

최근에는 공항이나 항공사에서 '무료 환승 투어'를 제공하기도 하는데 무료로 신청해서 짧고 굵은 여행을 즐길 수 있도록 손님에게 추천해보면 어떨까? 손님 입장에서는 좋은 정보를 주려 노력하는 직원에게 고마워 할 것이다.

 다은 언니, 항공권도 양도가 되나요?

항공권은 일체 양도가 불가해. 헬스클럽 이용권처럼 쉽게 주고받을 수 없지. 발권 전이든 후든 마찬가지야. 만약 발권 전이라면 발음이 같은 이름으로의 철자변경은 비교적 용이할 수 있지만 그마저도 요즘에는 규정이 강화되어 어려운 상황이야. 예를 들어 'KIM/DAEUN'이 나의 영문명인데 'KIM/DAUN'으로 바꾸고 싶다고 가정해보자. 같은 사람인데 철자를 잘못 기재했을 때 변경이 가능할 수도 있어. 하지만 'KIM/DAEUN'을 'KANG/NARA' 같은 전혀 다른 이름으로 변경을 하는 것은 아예 불가하기 때문에 환불 후에 재 예약, 재 발권을 해야 해.

일반석에서 비즈니스 업그레이드하기

간혹 우리는 일반석을 예약했는데 비즈니스로 업그레이드를 받았다는 가슴 설레는 이야기를 듣는다. 자의로 한 것이 아니라 공항에서 일반석의 '오버부킹(OVER BOOKING)', 즉 초과예약이 발생한 경우 항공사 직원의 권한으로 무료 업그레이드를 해주는 것이다. 하지만 우리의 손님이 패키지 예약자라면 이런 운은 거의 불가능하다고 봐야한다.

항공사 입장에서는 단골 이용객이나 조금이라도 비싼 금액을 주고 항공권을 구매한 손님에게 업그레이드를 해주는 것이 더 형평성에 맞기 때문이다. 혼자 온 손님이 확률이 높다는 얘기도 있는데 이건 계획되지 않은 순전히 운에 의한 것일 뿐, 사전에 계획을 해서 업그레이드를 하고자 하는 승객은 다른 방법으로 준비를 해야 한다. 바로 마일리지로 업그레이드를 하는 것.

앞서 말했지만 일반석 내에서도 예약등급이 나눠지는데 내가 만약 마일리지로 일반석에서 비즈니스로 업그레이드를 하고자 한다면, 마일리지의 보유량도 중요하지만 예약해둔 일반석 좌석이 마일리지 업그레이드가 가능한 예약등급인지를 먼저 확인해야 한다.

쉽게 말해 너무 저렴한 운임으로 구매한 일반석은 마일리지로 업그레이드 자체를 할 수 없다. 조건이 안 되는 것이다.

마일리지가 부족해서 가족들의 것을 사용하고 싶다면 증빙서류를 제출해 가족합산 후 한 사람이 마일리지를 몰아서 사용하는 방법도 있다.

단, 이미 마일리지로 예약한 일반석 항공권을 소지하고 있거나 여행사 단체티켓, 공동운항 항공편을 이용하는 경우 마일리지 승급이 불가할 확률이 높다. 하지만 모든 것을 충족했는데도 불구하고 해당 편명에 비즈니스 좌석이 마감되었다면 당연히 업그레이드는 불가하다.

09 : 패키지를 이용하는 손님이 비즈니스로 업그레이드를 하고자 한다면?

비즈니스로 상품을 구성하는 패키지도 있지만 대부분 일반석을 기준으로 상품을 구성한다. 손님이 일반석을 이용하는 패키지 상품을 비즈니스로 업그레이드 하고자 할 때, 추가금액을 현금으로 지불하기를 원하는지, 마일리지 차감을 원하는지 확인해야한다. '현금 업글' 시, 패키지 상품가 외에 추가 금액을 안내하면 되고, 마일리지 차감 시 얼마를 차감되는지 안내하면 된다. '현금 업글' 은 '현금을 추가하고 업그레이드 한다는 것' 을 줄여서 편하게 하는 말이다.

항공권도 유효기간이 있다?

앞서 설명한 것처럼 항공도 식품처럼 유효기간이 있다. 최대 1년 뒤의 항공권을 구매할 수 있는데 그 말은 즉 최대 1년까지 항공권이 유효할 수 있다는 뜻이다. 항공권의 유효기간은 짧게는 일주일 이내, 길게는 3개월, 6개월, 12개월까지 있는데 보통 저렴한 항공권이나 땡처리 항공권의 경우 일주일 이내의 짧은 유효기간이 많다. 여기서 오해하면 안 되는 것은 유효기간이 짧다고 무조건 싼 것은 아니다.

　귀국 날짜가 미확정이라서 '오픈티켓(OPEN TICKET)'으로 구매를 원하는 손님들이 있는데 오픈티켓은 금액이 비싸기 때문에 임의로라도 귀국 날짜를 정해놓고 현지에서 변경문의를 하시라고 안내하는 게 좋다. 물론 이 경우에도 임의로 지정한 날짜가 지나기 전에 변경을 해야 '노쇼(NO SHOW)'가 되지 않는다.

다은 언니, 오픈티켓이 뭐예요?

왕복 항공권을 구매하는데 귀국 날짜를 지정하지 않는 것을 말해

10 : 기내반입이 금지된 물품 VS 수하물 위탁이 금지된 물품

기내반입금지 물품	수하물 위탁금지 물품	기내, 수하물 모두 금지
100ml 이상의 액체(치약, 화장품 등) 액체가 포함된 음식물(김치 등) 신변에 위협이 되는 물건(칼, 낚시 도구, 장난감 총&칼, 스포츠장비 및 무술 장비 등)	라이터, 성냥, 보조배터리, 전자담배, 일회용 리튬전지	발화성 물질(페인트, 연료 등) 무기 및 폭발류(폭죽, 총 등) 위협적인 물건 외국 생과일, 육류 가공품

　액체류는 개당 100ml 이하로 챙기되 1인당 총 1L까지 기내에 반

입할 수 있으며 규정상 투명 비닐봉지 안에 넣어서 보관해야한다. 가끔 면세점에서 100ml 이상의 향수나 주류를 구매했을 때 '이건 기내에 들고 타도되는 걸까?' 하는 의문이 들 수 있는데 면세점에서 판매하는 물건들은 검사를 마친 품목들이기 때문에 문제없이 기내 반입이 가능하다.

장기여행 시 해외에서 한국음식이 그리울 때를 대비해 김치와 고추장, 쌈장, 초장 등 음식물을 챙겨가는 경우가 많은데 수하물 규정을 확인하지 않으면 쓰레기통으로 작별인사를 해야 할 수도 있다. 국물이 있는 김치와 양념류(만들 때 액체가 들어간다는 이유)는 액체류로 분리되어 기내반입이 불가하게 되어있다. 그렇기 때문에 음식물을 챙길 때는 깨지지 않게 포장을 해서 위탁 수하물로 붙여야 한다.

해외에서 구매한 액체가 포함된 향신료, 잼 등도 마찬가지로 위탁 수하물로 포장하면 공항에서 불필요하게 짐 가방을 열어야 하는 수고를 덜 수 있다. 최근에는 돼지열병 확산을 막기 위해 많은 국가들이 육류 반입을 금지하고 있다.

'미국령은 라면반입이 안 된다.' 는 말을 들어본 적 있을 텐데 미국령은 만두나 소시지, 가공된 육류, 과일, 농산물 등에 대한 반입 규정이 강하기 때문에 가공된 고기가 포함되어 있는 라면 또한 반입이 불가하다. 고추장에도 소고기 고추장처럼 고기 알맹이가 들어있는 건 반입이 불가하다. 현지에서 충분히 컵라면을 구할 수 있으니 몇 달러 주고 사먹는 것이 마음 편하다.

내항기와 국내선의 차이점(feat.지방출발 손님)

내항기는 국제선 환승 전용기인데 국내선과 내항기는 엄연히 다르다. 지방에서 인천공항으로 가려면 육로를 이용한 교통이나 비행기를 타야 하는데 국내선을 이용하면 김포공항에 내려 인천공항으로 터미널 이동을 하고, 짐을 찾은 뒤 다시 체크인을 해야 하는 수고가 필요하다. 그런데 내항기를 이용하면 출발하는 지방 공항에서 국제선까지 체크인을 할 수 있고 짐 또한 최종 목적지까지 연결이 가

벽 사이 틈에서도 가려지지 않는 에메랄드 빛 바다 in Hwaii

능하다. 전용 환승통로를 이용해 비행기 탑승까지 빠르고 쉽게 이용할 수 있다는 장점이 있다.

또한 국제선과 내항기를 같은 항공사로 이용한다면 국내선 항공편을 단독으로 구매하는 것보다 저렴한 금액으로 할인받을 수 있다. 아쉽게도 내항기는 하루에 운행하는 편명이 많지 않기 때문에 이용을 희망하는 여행객이라면 마감되기 전에 서둘러야한다.

02

호텔에 대한 아주 간단한 기술

　패키지여행은 단체 차량을 이용하기 때문에 조금 외곽으로 빠진 호텔을 이용해서 저렴한 요금으로 상품을 구성하는 경우가 많다. 하지만 자유여행은 보다 폭넓은 숙소 선정이 가능하고 위치도 손님이 원하는 곳으로 지정이 가능하기 때문에 시내 접근성이 좋은 곳으로 안내를 하는 것이 좋다. 서울에서도 숙소를 잡으려면 서울역, 홍대, 강남 등 여러 지역이 있듯 해외도 그렇다. 각 도시별로 여행객들이 선호하는 거점들을 알아둔다면 1차 상담 시 도움이 된다. 사람들이 선택하는 인기 여행지는 상당히 한정되어 있기 때문에 이번 장에서는 주요 인기 도시 몇 곳만 추려서 소개한다. 더불어 숙박비 외에 추가비용이 발생하는 지역들에 대해 대표적인 예시를 소개할 예정이니 가볍게 읽어보자.

주요 인기 도시별 호텔 위치 선정의 기술

나라	도시	추천 위치	상담 꿀팁
중국	상해 SHA	와이탄(Wai Tan), 난징로(Nanjing Road), 인민광장(People's Square)	와이탄에서는 황푸강을 중심으로 상해야경하면 떠오르는 푸동 지구의 모습을 볼 수 있다.
일본	오사카 OSA	오사카 난바역 (Osaka-Namba), 신사이바시역 (Shinsaibashi Station)	쇼핑과 맛집, 도시이동, 다양한 숙박시설에 최적화된 관광 지역이다.
	후쿠오카 FUK	하카타역(Hakata Station), 캐널시티 하카타(Canal city hakata), 텐진 (Tenjin)	규슈지역의 대표 도시인 후쿠오카는 하카타역 부근으로 많은 상권이 밀집되어 있다. 근교 온천 도시 유후인, 벳부와 함께 나눠서 숙박을 많이 한다.
태국	방콕 BKK	스쿰빗(sukhumvit), 아속역(Asok station), 시얌역(Siam station), 카오산로드 (Khaosan Rd)	방콕은 택시, 대중교통이 잘 되어있어 어디에 숙박해도 시내 이동이 편리하나, 가장 많이 선택되는 지역들로 추천한다.
	푸켓 HKT	파통(Patong), 카론비치(Karon Beach), 방타오비치 (Bang Tao Beach)	파통은 푸켓의 번화가로 나이트라이프를 즐기기 좋고 전 세계인이 모이는 곳이다. 복잡한 것이 싫다면 파통에서 차량 10분 거리에 있는 카론비치나 북쪽에 위치한 방타오비치를 추천한다.
필리핀	마닐라 MNL	말라테 (Malate), 마카티 (Makati), 마닐라 베이워크 (Bay Walk	바다뷰가 좋다면 베이워크나 오션파크 쪽에 숙박하면 된다. 도심, 쇼핑센터를 좋아한다면 마카티를 추천한다.

필리핀	세부 CEB	세부시티, 막탄섬 (Mactan Island) *제이파크, 크림슨 등 한국인들에게 유명한 대형리조트들은 막탄에 위치한다.	세부는 크게 시티와 막탄섬으로 나뉘는데 공항은 막탄섬에 있다. 도심이나 쇼핑 등 번화한 생활을 원한다면 세부시티, 휴양을 원하면 막탄섬을 추천한다.
	보라카이 KLO	화이트비치(White Beach)	보라카이는 호텔과 식당이 몰려있는 화이트비치를 스테이션 1,2,3로 구분한다. 스테이션간의 거리도 멀지않아서 호텔을 보고 결정하면 된다. 참고로 스테이션2는 다양한 식당, 디몰 (쇼핑몰)이 위치해 있어 인기가 좋지만 사람이 많은 편이다.
베트남	하노이 HAN	호안끼엠 지구(Hoan kiem), 서호(West lake)	맥주거리, 야시장 등 활발한 거리 문화를 즐기고 싶다면 호안끼엠, 조용한 곳이 좋다면 리버뷰가 있는 서호 쪽 호텔을 추천한다.
	다낭 DAD	다낭 시내, 미케비치(My Khe Beach)	대성당, 한시장, 한강 등 구경거리, 놀거리가 많은걸 원한다면 시내, 바다가 좋으면 미케비치를 추천한다. 보통 근교도시 호이안과 나눠서 숙박한다.
말레이시아	코타키나발루 BKI	탄중아루 해변 (Tanjung Aru Beach), 제셀톤포인트 (Jesselton Point)	공항과 시내간 거리가 15분 정도로 가깝고, 대부분 호텔이 시내에 몰려있다. 섬투어의 시작점인 제셀톤포인트 주변에서 호텔을 찾거나, 석양이 아름다운 코타키나발루의 밤을 즐기고싶다면 탄중아루 쪽을 추천한다. 시내와 거리가 있는 리조트들도 있지만 대부분 시내까지 정기 셔틀버스를 운영하니 뚜벅이 여행자도 걱정 없다.
	쿠알라룸푸르 KUL	페트로나스 트윈 타워(Petronas Twin Towers), 중앙역(KL Sentral), 부킷빈탕 (Bukit Bintang)	쇼핑과 주요관광지의 접근성이 좋은 트윈타워에 많이 묵고, 밤의 야시장과 마사지를 즐기고 싶다면 부킷빈탕 쪽을 추천한다.

인도네시아	발리 DPS	꾸따(Kuta), 세미냑(Seminyak), 누사두아(Nusa Dua), 짐바란(Jimbaran)	밤문화,쇼핑,서핑을 한번에 즐길 수 있는 꾸따지역이 중심이다. 세미냑은 꾸따와 가깝지만 보다 고급스러운 해변바와 카페가 즐비하다. 번잡하지 않은 좋은 리조트의 휴양을 원한다면 누사두아나 짐바란을 추천한다. 근교로 자연친화적인 우붓을 1박 하는 것도 좋다.
싱가포르	싱가포르 SIN	클락키(Clarke Quay), 오차드 로드 (Orchard Road), 센토사 섬(Sentosa)	시내어디를 잡아도 대중교통이 편리해 이동이 쉽다. 야경이나 강변을 바라보며 맥주한잔하는 분위기를 원하면 클락키, 쇼핑 중심이면 오차드를 추천한다. 유니버셜 스튜디오에 하루를 온전히 투자하고 싶을 때는 센토사 섬에 호텔을 추천, 시내와는 다른 해변가의 여유로움도 한 몫 한다.
타이완	타이페이 TPE	타이페이 중앙역, 시먼딩(Taipei Ximending)	타이페이는 국가가 아닌 중국에 속하는 지역이지만 여행지역 분류상 대부분의 여행사에서 동남아로 표시하고 있다.
호주	시드니 SYD	타운홀역(Town Hall Station), 오페라하우스(Opera House), 달링 하버 (Darling Harbour)	타운홀은 시내중심가다. 각종 쇼핑센터와 숙소들이 밀집되어 있다. 투어에 참여한다면 도보로 접근가능한 곳에 대부분 미팅장소가 있다. 순환버스나 트레인을 타면 오페라하우스까지 접근성도 좋다. 낭만적인 하버뷰를 원한다면 달링하버를 추천한다. 각종 고급 레스토랑과 크루즈디너쇼 등을 참여하기 좋다.
영국	런던 LON	킹스크로스역(King's Cross station), 워터루역(Waterloo Station), 런던브릿지 (London Bridge)	킹스크로스역은 해리포터의 9와 3/4 승강장 플랫폼이 재현된 곳으로 사진 찍기 좋고, 런던 근교여행을 할 때 좋은 위치다. 워터루역 근처는 빅벤과 런던아이가 있고, 런던브릿지는 시내 중심 명소다. 런던은 외곽지역에 숙소를 잡아도 지하철이 잘되어있어 이동에 용이하다.

체코	프라하 PRG	구시가지 광장(Old Town Square), 카를교(Charles Bridge), 바츨라프 광장(Wenceslas Square)	구시가지와 프라하성 부근으로 유명 관광지들이 몰려있다.
헝가리	부다페스트 BUD	세체니다리(Chain Bridge), 바치거리 (Vaci street)	서쪽 부다, 동쪽 페스트 지역이 합쳐져서 부다페스트다. 부다지구는 왕궁과 고급주택단지, 페스트 지구는 번화가다.
오스 트리아	비엔나 VIE	비엔나 중앙역(Wien Hauptbahnhof), 슈테판대성당 (Stephansdom)	링(Ring)이라고 부르는 둥근 지역 안에 유명 관광지가 많다. 링 안의 슈테판대성당 부근이 좋지만 비쌀 수 있고 중앙역에서도 충분히 대중교통으로 이동하기 편하다. 금방 타 도시로 이동한다면 중앙역을 추천한다.
아랍에미 레이트	두바이 DXB	두바이몰(Dubai mall), 두바이 마리나 (Dubai Marina), 팜 주메이라(Palm Jumeirah)	버즈칼리파와 두바이몰이 있는 곳이 번화하다. 팜 주메이라는 인공섬으로 럭셔리숙소가 많다.

자, 여기까지 인기 도시들의 호텔 추천 위치를 정리해봤다. 다소 많다고 느껴질 수 있지만 이 책에 담기위해 나름 추렸다는 점을 알아주길 바란다. 만약 더 많은 도시들의 정보를 얻고 싶다면 내가 운영하는 네이버 블로그 http://blog.naver.com/7460646 [여행사 OP] 카테고리 포스팅에 댓글로 이메일 주소를 남겨주기를 바란다. 희망자에 한해 PDF파일도 공유할 예정이다.

영화 '몬테카를로'의 향수를 찾아 떠난 여행 in Monte Carlo

숙박비 외에 추가비용이 발생하는 도시들

■ 일본 '입욕세' & '숙박세' : 입욕세는 온천이 있는 료칸(일본 전통 숙박시설)이나 온천호텔에서 부과하는 비용이다. 대부분 숙박료에 포함해서 결제를 하지만 가끔 숙소에 따라 현지지불을 요청하는 경우도 있다. 1인 약 300엔(한화 약 3천원) 정도의 비용이다.

숙박세는 숙박료에 포함되어있는 부가세와는 별개로 도시에 내는 세금이다. 입욕세가 숙소에 내는 비용이라면 숙박세는 도시에 내는 비용이다. 1인 1박당 요금을 받고, 투숙하는 숙소의 성급에 따라 비용은 달라진다. 현재는 도쿄, 오사카 등 대도시 중심으로 숙박세를 받고 있지만 앞으로 더 많아질 전망이다. 1인 1박 100~500엔(약 1천원~5천원) 정도가 평균적인 금액이다.

입욕세와 숙박세 모두 큰 비용은 아니지만 사전에 고지하고 안하고는 큰 차이다. 손님 입장에서는 돈을 다 지불하고 왔는데 또 지불해야하는 금액이 있다는 것에 기분이 나쁠 수 있기 때문이다.

■ 미주 '리조트 피(Resort Fee)' : 대표적으로 미국 본토의 관광도시인 라스베가스와 미국의 50번째 주인 하와이가 리조트 피를 받고 있다. 정규 숙소요금 외에 현지에서 지불해야하는 비용으로 와이파이 이용료, 헬스장, 신문, 전화 이용료 등을 명목으로 부과한다. 실제 이를 이용하지 않아도 리조트 피는 지불해야한다.

대부분의 호텔 예약 사이트에서는 이 리조트 피가 노출되지 않은 호텔 요금으로만 최저가를 조회할 수 있는데, 저렴해서 구매한 것이 무색하게 배보다 배꼽이 더 클 만큼 리조트 피를 많이 부과하는 호텔들이 있다. 그렇기 때문에 미주 지역의 호텔을 예약할 때는 리조트 피가 어느 정도 부과되는지 확인해야한다. 적게는 박당 15$(약 1.8만원)부터 많게는 100$(약 12만원) 가 넘는 리조트피를 받는 호텔도 있기 때문이다.

리조트 피는 항상 논란이 많은데 사람 생각은 다 똑같은지 호텔 예약사이트에 리조트피를 포함한 금액으로 가격비교를 하게끔 해야 한다는 의견이 나올 정도다.

■ 말레이시아 '관광세' & 'SST' : 말레이시아 정부에서는 여행객 대상으로 1박 당 10RM(약 3천원)의 관광세를 부과한다. 또한 관광세와는 별개로 'Sales and Service Tax', 줄여서 'SST' 라는 판매용역세도 6%도 부과한다. 이 비용은 숙박료 외에 여행객이 고스란히 내야 할 세금이다. SST는 호텔예약사이트에서 포함되어 결제되거나 현장 결제를 해야 할 수도 있다. 예약 전 불 포함 사항을 꼭 확인하자.

■ 유럽 '투어리스트 택스(Tourist tax)' : 유럽 대부분의 도시들이 여행객들에게 투어리스트 택스라는 명목으로 세금을 징수하고 있다. 프랑스는 대표적으로 파리와 리옹, 이태리는 로마, 베니스, 피렌체, 밀라노가 해당된다. 스페인의 바르셀로나, 벨기에의 브뤼셀, 포르투갈의 리스본과 포르투, 크로아티아의 두브로브니크, 네덜란드의 암스테르담도 마찬가지다.

독일, 스위스, 그리스, 루마니아, 슬로베니아, 오스트리아, 불가리아, 헝가리, 체코 등도 일부 지역에 대해 세금을 부과한다. 대부분 숙소의 성급에 따라 상이하지만 평균 박당 2~5유로 정도(약 2천원~6

천원)이다. 이 세금은 호텔에 따라 체크인을 할 때 요청할 수도, 체크아웃을 할 때 요청할 수도 있다.

■ 베니스 '도시 입장료': 이태리의 대표 관광도시인 베니스는 '오버투어리즘(Overtourism)', 즉 너무 많은 관광객으로 인한 몸살을 앓고 있어 도시 입장료를 받을 예정이다. 기존에 베니스는 호텔 숙박 시 지불하는 세금을 여행객들 대상으로 받고 있었는데 당일치기로 왔다가는 여행객에게도 세금을 내게 하겠다는 것이다.

특정 관광지가 아닌 도시 자체에 대한 입장료를 부과하는 것은 우리에게 낯선 일이지만 포화상태에 이른 베니스의 상황을 보면 이해하게 된다. 도입 단계에 있기 때문에 변동가능성은 있지만 2020년에는 당일치기 여행객에게 6~10유로(약 8천원~1.5만원)까지 부과될 수 있다고 알려져 있다. 호텔 숙박세를 내는 여행객은 입장료 징수 대상에 해당되지 않는다.

■ 뉴질랜드 '관광세(IVL)': IVL은 International Visitor Conservation and Tourism Levy의 약자로 국제 관광객에 대한 환경 보존세 및 관광세 징수라는 뜻으로 풀이된다. 뉴질랜드는 최근 관광세와 함께 NZeTA, 즉 비자를 도입했는데 한국인도 2019년 10월1일부터 뉴질랜드 입국 전에 비자와 관광세를 지불해야만 한다. 비자는 어플로 신청할 경우 9NZD(약 7천원), 웹으로 신청할 경우

12NZD(약 9천원)를 내야하고 관광세 명목의 IVL 35NZD(약 2.7만원)를 추가로 내야한다. 호주 영주권자는 IVL이 면제되지만 아닌 경우 비자와 함께 결제하게 된다.

■ 부탄 '투어리스트 택스(Tourist Tax)' : 이름은 투어리스트 택스라고 했지만 보다 정확한 것은 패키지 요금이라고 하는 것이 맞는 것 같다. 부탄은 정부에서 공인한 현지 여행사를 통해서만 여행할 수 있고 개인이 자유여행하는 것은 불가하다. 그렇기 때문에 정부에서 정한 요금을 지불해야만 입국이 가능하다. 성수기와 비수기의 요금은 상이한데 1박당 1인 200~250USD(약 25~30만원)의 금액으로 책정되어 있다. 해당 요금에는 숙소, 식사, 가이드, 차량, 입장료 등의 비용이 포함되어 있고 2인 이하의 여행 그룹에는 추가요금이 발생된다. 부탄 여행을 할 때는 4인 이상의 소그룹을 꾸리거나 한국에서 같이 출발하는 부탄 패키지여행을 이용하는 것이 편리하다.

■ 몰디브 '환경세(Green Tax)' : 녹색 세금이라고 불리는 환경세는 몰디브에서 숙박하는 모든 관광객이 내야하는 세금이다. 리조트나 호텔 숙박 시 1박당 6USD(약 7천원), 게스트하우스 급에서 숙박 시 1박당 3USD(약 4천원)를 지불해야한다.

■ '써차지(Surcharge)'와 '갈라 디너(Gala Dinner)': 많은 휴양도시에서 의무로 써차지(Surcharge)나 갈라 디너(Gala Dinner) 비용을 받는데 크리스마스나 연말처럼 호텔에서 정한 특정 날짜에 숙박하는 여행객은 식사를 하지 않더라도 무조건 의무로 저녁식사비용과 추가비용을 지불해야 한다. 패키지여행 이용객도 예외는 아니다. 대표적으로 말레이시아, 베트남, 필리핀에서 시행한다.

자! 생각보다 추가 비용을 받는 나라들이 많아 신기하지 않은가? 한번 들어본 것만으로도 충분히 도움이 될 만한 내용들이니 외울 필요 없이 가볍게 읽어보면 된다. 전 세계에서 관광객이 몰리는 지역들이 이런 추가 세금을 징수하는 이유는 자원의 훼손을 줄이고 보존하는 비용들을 여행객이 함께 지불하는 거라고 이해하면 쉽다.

위의 내용은 현지 사정에 의해 추가 또는 변경될 수 있기 때문에 예약시점에 재확인을 해서 안내하는 것이 좋다.

앞서 안내한 세금과는 별개로 호텔 보증금은 별도로 지불해야 하며, 문제없이 호텔 시설을 사용했다면 보증금은 체크아웃 시 그대로 돌려준다.

이 나라 입국할 때, 이런 게 필요하다고?

여행을 할 때 비자가 필요한 나라인지, 심지어 비자가 뭔지조차 모르는 손님들이 은근히 많다. 비자도 헷갈리는데 나라별로 제출해야 하는 추가서류가 있다거나 별도의 입국규정을 가지고 있다면 어떨까. 아마 공항에서 체크인할 때 당황하게 뻔하다. 손님은 몰라도 우리는 꼭 알아둬야 할 입국 규정과 반입 규정에 대해 이야기를 해보려 한다.

그 전에 어떤 나라에 여행을 가던 공통적으로 고려해야할 것이 있다. 최대 체류일자가 정해져있는 관광비자로 입국할 경우 귀국편이나 제3국으로 가는 항공권을 요구할 수 있고 여권이 훼손되거나 서명을 하지 않은 경우 입국이 불가할 수 있다.

해외여행을 갈 때 권장하는 여권의 유효기간은 최소 6개월 이상이기 때문에 손님의 문의가 있다면 6개월 미만 입국에 대한 사례가 있다고 하더라도 출발일 기준 6개월 이상 유효한 여권으로 여행하는 것을 권장해야 한다. 우리는 무조건 안전하고 정확한 정보를 전달해야 한다.

■ 태국 : 전자담배 소지가 금지돼있다. 국내 반입 및 단순 구매도 압수는 물론 벌금징수, 추방의 대상이 된다. 태국은 해변에서 흡연을 하거나 자연환경에 피해를 입히는 경우에도 징역 또는 벌금형에 처할 수 있다. 태국의 왕실, 종교, 문화를 모욕하는 행위를 하는 경우에도 큰 형벌을 받을 수 있기 때문에 국왕의 사진에 손가락질을

하는 것과 같은 무의식적인 행동도 조심해야한다.

■ **필리핀** : 필리핀 이민법에 의거하여 만 15세 미만의 소아는 만 20세 이상의 보호자 없이 혼자 입국할 수 없다. 함께 입국하는 성인이 부모가 아니거나 부모 중 한명만 동반입국 할 경우 별도의 서류를 준비해야 한다. 즉, 부모님이 동반하지 않거나 아버지 또는 어머니만 동반하는 경우, 각 상황에 따라 구비해야하는 서류가 상이하다.

필리핀 공항 규정에 따라 라이터 소지가 불가(기내, 위탁 모두) 하다. 고가의 라이터는 아예 챙겨가지 않는 것이 좋다.

■ **싱가포르** : 싱가포르는 껌 반입이 불가하다. 또한 태국처럼 전자담배 반입 및 소지가 불가하다.

■ **대만** : 최근 발생한 돼지열병으로 인해 가공식품을 포함한 모든 돼지고기 식품 반입, 반출이 금지되었다. 이를 어길 시 엄청난 벌금형에 처해진다. 전자담배 반입 및 소지 또한 불가하다.

■ **베트남** : 만 14세 미만의 소아가 부모와 동반 입국하지 않으면 별도의 추가 서류를 지참해야 한다. 아버지 없이 어머니와만 입국하는 소아 또한 마찬가지다.

베트남은 대한민국 국민이라면 무비자로 입국이 가능한데 15일 이상 체류할 예정이거나 한 달 내에 베트남에 재입국 하는 경우라면 비자를 받아야한다. 대부분 이를 모르고 공항에 가서, 급하게 비자를 받느라 돈을 많이 쓴다.

■ **중국** : 중국 공항 규정에 따라 라이터 소지가 불가하다.(기내, 위탁 모두)

■ **일본** : 모든 육류제품 반입 시 3년 이하의 징역 또는 100만엔(약 1,100만원) 이하의 벌금형에 처해질 수 있으니 생고기를 포함한 육포, 햄 등의 가공식품도 휴대하지 않도록 유의해야 한다.

■ **괌** : 수산물과 육류가공제품(라면, 소시지 등) 적발 시 압류 및 벌금형에 처할 수 있다. 라면도 현지에서 쉽게 구할 수 있으니 사먹는 것을 추천한다.

■ **피지** : 소고기가 들어간 음식 및 육류는 반입이 불가하다. 모든 음식물 반입 시 세관에 신고해야 한다.

■ **미국, 하와이** : 만 18세 미만의 미성년자는 동반자와의 관계에

따라 영문등본 또는 영문 부모확인서 등의 부가 서류가 필요할 수 있다. 또한 이란이나 이라크, 시리아, 수단, 리비아, 소말리아, 예맨을 방문한 적이 있는 사람은 입국 전 반드시 미국비자를 받아야 한다. 여기서 미국비자는 ESTA를 제외한 공식 비자를 말한다.

■ 캐나다 : 농산품, 과일, 육류, 유제품, 식물 등의 반입이 금지되어 있다.

■ 두바이 : 단수여권으로 입국이 불가하며, 이스라엘 방문 기록이 있다면 여권을 재발급 받아야 한다.

■ 유럽 : 쉥겐 협정(Schengen Agreement)은 다소 어색한 단어일 수 있지만 유럽여행을 했던 사람이라면 이미 1번 이상 경험했을 것이다. 이는 유럽 내의 26개국을 마치 한 나라 처럼 자유롭게 다닐 수 있도록 만들어 놓은 제도이다. 최종 출국일 기준으로 총 180일 이내, 90일간 쉥겐 협정 국가를 무비자로 여행이 가능하다.

쉥겐 협정 가입국 (총 26개국)　출처 : 외교부 홈페이지(2020.02.28)

그리스, 네덜란드, 노르웨이, 덴마크, 독일, 라트비아, 룩셈부르크, 리투아니아, 리히텐슈타인,몰타, 벨기에, 스위스, 스웨덴, 스페인, 슬로바키아, 슬로베니아, 아이슬란드, 에스토니아, 오스트리아, 이탈리아, 체코, 포르투갈, 폴란드, 프랑스, 핀란드, 헝가리

양자사증면제 협정우선국과 쉥겐 협정 우선국의 개념 또한 챙겨
두자. 양자사증면제 협정 우선국이란 쉥겐 협정 포함 국가라도 양국
이 정해놓은 무비자 기간 동안 체류하는 것을 우선 허용하는 나라를
말한다. 양자사증면제 협정과 쉥겐 협정 중 어떤 것을 우위에 둘 것
이냐는 각 나라의 고유 권한이기 때문에 여행 당시 상황에 재확인을
해야 한다.

하지만 일반 여행객은 이렇게 쉥겐 협정을 신경 쓰면서 여행하는
경우는 많지 않고, 특히 패키지 이용객이라면 마음을 편히 가져도
된다. 그런데 개별 자유여행객 중에 장기적으로 체류하기를 원하는
사람이라면 꼭 쉥겐 협정을 잘 따져보고 여행을 계획해야한다.

해외여행 인솔 중 모든 일정이 끝나면 조용히 혼자만의 산책시간을 갖는다.

in Cesky Krumlov

패키지여행 상담의 기술

"초보답지 않게 패키지여행을 상담하는 법"

상품의 다양화로 뭔가 많아 보이고 복잡해보이더라도 모든 여행은 정답이
있는 것이 아니라 구성하기 나름이다.

세상에는 정말 다양한 여행들이 있다. 배낭여
행, 캠핑카여행, 골프여행, 허니문여행, 트레킹여행, 크루즈여행, 출
사여행, 전시회여행 등 한 꼭지를 다 채우라고 해도 할 수 있을 정도
다. 이건 여행을 테마별로 나열해본 것인데 여러분이 이 여행들을
패키지, 자유여행, 세미패키지로 상품 종류 구분을 할 수 있는지 궁
금하다. 고민을 한 3초간 해보길 바란다.

정답은 구분의 의미가 없다. 배낭여행도 단체로 가는 패키지 형태
일 수도 있고, 1~2명이 움직이는 자유여행일 수도 있다. 캠핑카여행
도 패키지가 있고 자가 운전을 해서 자유롭게 다닐 수도 있다. 골프,
허니문, 트레킹여행도 다 마찬가지다.

당연한 것 아니냐고 물어볼 수 있지만 내가 말하고자 하는 것은 상

품의 다양화로 뭔가 많아 보이고 복잡해보이더라도 모든 여행은 정답이 있는 것이 아니라 구성하기 나름이라는 것이다. 단지 알아보기 쉽게 만들어놓은 용어들일 뿐이다. 그러니 상담을 진행할 때 고객의 인원수와 팀컬러, 목적, 예산에 맞춰 컨셉을 정한 뒤 패키지라면 이미 만들어진 상품을 비교해 추천하고, 자유여행이라면 일정과 세부 사항들을 구성해서 추천하면 된다.

이번 장에서는 패키지여행 상품의 구조를 살펴보고 실제 상담을 진행할 때 어떤 순서대로 하면 될지 아주 꼼꼼하게 정리해보았다. 이번 장을 읽고 나면 초보답지 않게 패키지여행 상담을 할 수 있을 것이라고 장담한다.

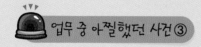
긴급! 중국비자 발급기간을 착각했다

중국비자 급행을 신청한 손님의 발급기간을 일반으로 잘못 신청한 적이 있다. 여행을 가는 손님이라도 문제였겠지만 회사 동료와 함께 업무 미팅 차 출장을 가는 손님이었기 때문에 비자가 없어서 못 가게 되면 모든 일정이 뒤틀리게 되는 상황이었다. 하지만 당시 대표님은 돈으로 해결되는 문제라면 차라리 다행이라며 해결할 수 있는 방법에 초점을 맞추라고 하셨다. 그래서 돈을 추가로 내고 다음날 아침까지 긴급으로 여권을 빼는 작업을 했다.

중국영사관 앞에서 비자가 찍힌 여권을 받아 한시가 급하게 바로 인천공항으로 가야했기 때문에 나는 전 날 퇴근하고 명동 영사관 근처의 찜질방에서 혼자 잠을 잤다. 아침 일찍 영사관 앞에서 발을 동동 굴리며 빨리 비자가 나오기를 기다렸다. 받자마자 가파른 언덕길을 미친 듯이 달려 내려왔다. 길가에서 아무 택시나 잡아타고 총알같이 공항을 향해 달렸다. 다행히 항공 클로즈 1분을 남기고 손님한테 여권을 전달하는 걸로 사건은 끝이 났다.

지금도 아찔한 것이 그 베테랑 택시 기사님이 아니었다면 절대 시간 내에 도착하지 못했을 것이다. 보실 수는 없겠지만 이 글을 빌려 감사한 마음을 전하고 싶다.

이처럼 '그깟' 비자 하나가 모든 일정을 망쳐버릴 수 있다. '그깟' 영문 철자, '그깟' 여권정보, 어떻게 보면 별거 아닌 것들을 재확인 하지 못하면 큰일이 된다.

우리 일이 그렇다. 작은 것 하나를 재확인 하는 일이 이토록 중요하다. 어떤 일이 재확인의 중요성이 결여되겠느냐만 여행업은 특히 심한 것 같다. 그래서 꼼꼼한 직원이 사랑받는다. 가끔 우스갯소리로 이런 말을 한다. "천천히 빨리하자" 웃기고 비논리적인 말이지만 '눈치와 손은 빠르되, 차분히 일처리를 하자' 라는 뜻일 것이다.

문제가 생길수록 마음은 차분히 하고 방법을 찾자, 이렇게 해서 여태까지 해결하지 못한 것은 없었다. 어떤 일이든 해결은 된다.

03

패키지 상품구조의 이해
(feat. 패키지여행 상담 팁)

　　패키지와 자유여행은 어떤 구조적 차이가 있을까? 패키지는 항공, 호텔, 차량, 가이드, 식사, 비자, 여행자보험 등 일정의 전반적인 모든 것을 포함하고 있는 상품이다. 반면 자유여행은 항공과 호텔, 이동수단, 보험 등을 따로 예약한다.

　　여행사에서는 자유여행의 구성 요소를 각각 대행할 수도 있고, 에어텔을 만들어 판매할 수도 있다. 에어텔은 여행사에서 만든 자유여행상품이다. 가이드는 없지만 만들어져 있는 여행사 상품을 그대로 사는 것이다. 옷가게에 전시되어있는 코디를 그대로 구매하는 것과 같다고 보면 된다.

　　에어텔은 여행사가 거래하고 있는 항공사와 호텔을 위주로 상품화하기 때문에 여행객의 선택권에 한계가 있다는 단점이 있다. 하지만 비교적 저렴하게 구매를 할 수 있고 자유여행임에도 일일이 예약해야 하는 번거로움이 없어서 편리하다는 장점이 있다. 추가로 여행사의 정보와 서비스를 제공받을 수 있어서 좋다. 또한 성수기 시즌에는 예약할 수 있는 개별 항공권이 너무 비싸거나 다 팔려버려서 여행사의 에어텔 상품을 이용하는 것이 더 합리적인 방법이 될 수 있다.

패키지도 에어텔과 마찬가지로 호텔 선택의 폭이 좁은 편이다. 어차피 차량을 이용해 움직이기 때문에 꼭 시내에 있을 필요가 없고, 시내에 있는 숙소들은 단체 인원을 수용하기 어려울 수 있기 때문에 가격도 낮출 겸 외곽의 호텔로 상품을 구성하는 편이다.

패키지 상품을 보다보면 이런 문구를 자주 보게 된다. '출발예정', '호텔예정', 인원수가 모객이 되지 않았기 때문에 아직은 출발미정이며, 변경의 여지가 있기 때문에 호텔도 확정되지 않았다는 뜻이다. 특별한 이유가 없다면 명시되어 있는 호텔로 확정이 될 확률이 높지만 대부분의 패키지는 출발 1~3일 전쯤 확정 호텔을 안내해준다. 나 같은 경우는 패키지 출발 2주 전에 잔금 결제와 동시에 여행 안내문자를 보내는데 확정 호텔과 확정 일정표는 출발 1~2일 전에 따로 보내드린다고 안내한다. 물론 패키지는 출발 당일 공항에서 나눠주는 샌딩팩안에 최종 확정 일정표를 프린트해서 전달한다.

만약 호텔 컨디션에 유독 신경 쓰는 손님이라면 특정 호텔로 확정되어있는 상품을 추천하거나 시내 숙박 예정인 패키지를 추천하면 된다. 대부분 호텔 지정 상품이 아니라면 4성 또는 동급, 5성 또는 동급, 이런 식으로 표기가 되어 있을 것이다.

괌 같이 휴양도시이면서 호텔의 중요도가 큰 여행지는 아예 '괌 PIC 3박5일', '괌 롯데호텔 3박5일' 처럼 상품 자체에 호텔을 명시 해놓고 판매한다. 하지만 대부분의 패키지들은 호텔의 등급만 표시 될 뿐 최종 확정 호텔은 출발 1~3일 전에야 알 수 있다.

자, 그렇다면 패키지여행은 어떤 순서로 상담이 진행될까? 간단하게 소개해보겠다.

고객 문의 → 상품 추천 → 고객 예약 의사 밝힘 → 여권사본 받기 → 상품 예약 넣고 담당자에게 항공과 지상 확약여부 확인하기 → 담당자의 OK 답변 받고 예약금 안내 → (비자 안내) → 출발 2주 전 쯤 잔금 결제 → 여행안내문 또는 안내문자 전송 → (보험가입) → 여행 당일 공항 미팅, 샌딩팩 전달 → 여행 끝! 해피콜

전체적인 흐름은 위와 같이 흘러간다. 정말 간단하게 소개했기 때문에 뭐가 뭔지 모를 여러분을 위해 세세하게 풀어서 설명을 해보겠다.

패키지여행 상담 순서

1. 고객 문의

내가 다니는 여행사는 밴드, 인스타그램, 페이스북, 블로그를 통해 온라인 마케팅을 진행하는데 가끔 오프라인을 통해 문의가 들어오는

경우도 있다. 오프라인은 평소 알고 있던 지인이 소개를 해주거나 여행사 대표, 영업부 직원이 직접 관공서나 학교, 기업체 등에 방문해 영업을 뛰어 행사를 가져오는 것이다. 하지만 대부분의 손님들은 온라인에서 본 홍보 글을 통해 문의한다. 그렇게 문의가 온 손님들을 전화로 계속 상담을 하거나 기업 카카오톡에 친구 추가를 요청해 카톡으로 대화를 주고받기도 한다. 중소 여행사라면 DB 축적의 목적으로도 좋고 나중에 단체 알림톡으로 홍보에 활용할 수도 있다.

2. 상품 추천

상품 추천은 여러분이 어떤 여행사에 근무하게 되느냐에 따라 업무 차이가 있을 것 같다. 나처럼 중소여행사에서 근무하면 대형 여행사들(하나투어, 모두투어, 롯데관광, 한진관광, 롯데JTB, 온누리투어, KRT, 노랑풍선 등등)이 만들어놓은 패키지 상품을 비교해서 대리 판매하거나 자체적으로 만든 상품을 랜드사와 협업해서 직접 판매하기도 한다.

만약 여러분이 대형 여행사(간판, 직판)에 취직을 한다면 자체적으로 가지고 있는 시스템을 이용해 그 회사의 상품만 판매하면 된다.

3. 고객 예약 의사 밝힘

상품을 추천하면 손님이 예약하고 싶다는 의사를 밝히거나 본인이 원하는 사항들을 추가로 요구해서 다시 상품추천받기를 원하기도 한다.

4. 여권사본 받기

상품을 예약하기 위해서는 여권사본을 받아야 하는데 여권 만료일이 출발일 기준 6개월 이상 유효한지 확인해야한다. 이 때 유효기간은 예약일이 아닌 출발일 기준이라는 것을 명심하자. 만약 갱신을 해야 한다면 발급 예정인 여권의 정확한 영문명, 생년월일, 성별을 우선 받아서 예약을 할 수 있다. 임의로 예약한 것이기 때문에 여권 발급 후 꼭 영문명을 재확인하고 APIS를 입력해야 한다.

5. 상품 예약 넣고 담당자에게 항공과 지상 확약여부 확인하기

시스템에 예약을 넣었다고 바로 확약이 되는 것이 아니다. 꼭 항공과 지상 확약 여부를 재확인한 뒤 손님에게 안내해야한다. 예약이 가능하다고 시스템에 쓰여 있어도 실시간으로 변동될 수 있기 때문이다. 만약 여러분이 상품담당자라면 바로 확정 처리를 할 수 있다.

6. 담당자의 OK 답변 받고 예약금 안내

최종적으로 예약이 확정되면 예약금을 3일 이내 상품가의 10%를 결제해야한다. 나는 출발일이 2주 이내의 가까운 날짜라면 예약금, 잔금 구분 없이 한 번에 전체 상품가 결제를 요청한다. 단, 이 때 중요한 것은 "출발일 한 달 미만으로, 결제 후에는 약관에 따라 위약금이 발생한다."는 점을 함께 안내해야 한다.

내 손님 중에는 바로 다음 주에 출발하는 상품을 예약하고 결제까지 했는데 한 30분이 지난 뒤 마음이 바뀌었다며 취소해줄 수 있냐고 물었다. "이미 결제가 끝났고 출발이 임박해 위약금이 상품가의 ~% 발생한다."라고 안내했더니 방금 결제했는데도 무료로 취소가 안 되냐고 되물었다. 당일 결제 여부를 떠나서 출발일 기준으로 며칠 전에 취소를 했는지가 중요하다.

보통 상품가의 10%를 결제한다고 앞서 말했는데 특별약관이 적용되는 상품은 계약금이 더 높을 수 있다.

예약금 결제까지 끝냈다면 예약과정이 끝난다. 이 때 부터는 잔금 결제 시점까지 손님과 소통은 거의 없고 문의 사항이 있는 손님이 연락을 해오면 안내하면 된다.

7. 비자신청

비자가 필요한 국가라면 예약금 결제 후 비자 안내 및 신청이 필요하다. 패키지에서는 비자비용을 보통 불포함 사항으로 따로 받는데 그 이유는 변동될 수 있기 때문이다. 불포함 사항이기 때문에 손님이 개별적으로 신청을 해도 되고 여행사에 대행해도 되는데 보통 같이 결제하는 편이다. 무비자로 여행이 가능한 국가는 이 과정은 건너뛰어도 된다.

8. 출발 2주 전 쯤 잔금 결제

APIS 입력, 예약금 결제, 비자확인까지 끝냈다면 출발 2주 전쯤 기록해두었다가 잔금 결제요청을 한다.

9. 여행안내문 또는 안내문자 전송

잔금 결제까지 끝났다면 여행안내문을 만들어 보내야 한다. 여행사마다 사용하는 양식과 방법은 다른데 문자로 길게 적어서 보내는 곳도 있고, PPT로 깔끔하게 정리해서 보내는 곳도 있다. 여행안내문 안에는 공항미팅 장소 및 시간, 여행할 때의 날씨, 챙겨야 할 준비물, 반입금지 물품, 해당 국가 여행 시 주의사항, 현지에서 지불해야 할 금액과 환전비용 등의 내용을 넣는다. 아래에 내가 여행안내문자를 보낸 것을 샘플로 하나 첨부하니 참고해보자.

[〇〇〇여행사 ♥ 두바이&아부다비 여행 확정 문자]
[설연휴] 두바이/아부다비 퍼펙트 일주 5일 노쇼핑

- **여행 날짜** : 1월 23일(목) ~ 1월27일(월) 3박 5일
- **미팅 시간** : 1월 23일(목) 09시 45분 ** 미팅 시간 꼭 지켜주세요!
- **미팅 장소** : 인천국제공항 제2터미널 3층 〇〇〇여행사 전용미팅 테이블
- **출발항공** : KE〇〇〇편 인천 12:45 출발–두바이 18:30 도착 [약 10시간 30분 소요]
- **모객인원** : 현재 29명이며, 예약 당일 인원은 변동될 수 있습니다.

◆ **여행 준비물 및 안내사항** ◆

• 본 여행상품은 인솔자가 동행하지 않으며, 인천공항에서 나눠드리는 샌딩팩을

수령하신 뒤, 개별적으로 항공사 카운터에서 체크인 하셔야 합니다. 가이드는 현지 공항 도착 후 만나시게 됩니다.

• 두바이는 단수여권 입국이 불가하기 때문에 여권 원본을 집에 두고 오시면 공항에서 긴급여권으로도 여행이 불가합니다.
꼭 집에서 출발하시기 전에 여권 챙기셨는지 재확인해주세요.

• 여권에 서명을 하지 않은 경우나 낙서가 있고 훼손이 되었을 경우 공항에서 입국이 거부되거나 벌금이 부과될 수 있으니 출발 전 다시 한 번 확인하시길 바랍니다.

• 대한항공은 위탁수하물을 23KG 까지 맡기실 수 있습니다.
※ 위탁수하물 불가 품목 : 전자담배, 라이터, 보조배터리 등 배터리가 있는 물품들
※ 기내반입 (휴대수하물) 불가 품목 : 100ml를 초과하는 액체, 치약 등 그 외 위험 물품과 폭발 가능성이 있는 물품들은 위탁/기내 모두 일체 반입이 불가합니다.

• 신용카드, 모자, 선글라스, 선크림, 접이식 우산, 편안한 신발

• 전압은 한국과 동일한 220V, 50Hz이지만 3구를 사용하여 멀티어댑터가 필요합니다.

• 통화 : 환전은 USD달러로 준비해주세요. 현지 통화인 디르함으로는 한국에서 환전은 어렵고 달러를 현지에서 사용할 만큼만 조금씩 재환전하시면 됩니다.

• 현지에서 기사/가이드 경비 50USD를 지불해주셔야 합니다.

• 날씨 (현재기준) : 우리의 여행기간인 1월 23~27일까지는 비 예보는 없습니다. 여행 일에는 최저기온 16도에서 최고기온 25도까지의 기온을 보이고 있습니다. 낮 기온이 온화해 여행하기 좋은 날씨이지만 아침, 저녁으로 선선하고, 실내나 비행기 안에서는 급격한 기온차가 생길 수 있으니 얇은 겉옷을 챙기시는 것도 잊지 마세요.

• 두바이와는 5시간의 시차가 있습니다.

• 대한항공은 두바이행/인천행 각각 2번의 기내식과 1번의 간식/음료 서비스가 제공됩니다.

• 대한항공 스카이패스 마일리지 적립은 탑승 전에 가입되어있는 경우에만 가능하며, 체크인 수속 하실 때 회원번호를 이용해 적립하시면 됩니다.(약 6700 마일리지 적립)

• 패키지의 항공 좌석은 항공사의 탑승 수속 창구에서 이뤄지므로 사전 좌석배정이 불가합니다.
늦게 오실 경우 일행 분들과 좌석이 분리될 수 있습니다.

• 대한항공 항공 웹 체크인(사전 체크인) 안내
출발 48시간 이내부터 웹 체크인이 가능합니다. https:// OOOOO

♥이용해주셔서 감사드립니다. 즐거운 여행 되세요.
담당자 김다은 ♥ 문의 전화 : 02-0000-0000

10. 보험가입

만들어진 패키지를 대리 판매할 때는 본사에서 보험 가입을 알아서하기 때문에 신경 쓰지 않아도 된다. 하지만 자체 상품을 만들어 패키지로 판매할 때는 꼭 출발 전 보험가입을 잊지 말아야 한다. 개별고객이 여행갈 때는 본인의 자유지만 여행사에서는 조금의 사건, 사고도 영향을 받을 수 있기 때문에 보험가입이 필수 아닌 필수다. 여행인원의 변동이 생기면 취소 후 재가입을 해야 하기 때문에 출발 1~2일 전에 가입하면 된다. 출발 직전 공항에서도 가입이 되는 것이 해외여행자보험이다.

11. 여행 당일 공항 미팅, 샌딩팩 전달

이것 또한 만들어진 여행사 패키지 상품이라면 본사에서 알아서 준비를 한다. 우리는 미팅장소와 시간만 손님에게 잘 안내하면 된다. 그런데 만약 자체 개발상품이라면 본인이 직접 공항미팅을 가야할 수도 있고 샌딩팩 또한 직접 만들어야 한다. 자체 상품이 많은 여행사에서는 공항미팅을 전문 업체에 외주를 주기도 한다.

공항에서 받는 샌딩팩에는 뭐가 들었어요?

항공권, 일정표, 비자, 면세점 쿠폰, 네임택 등이 들어있어. 샌딩팩을 받은 손님은 직접 항공사 카운터로 이동해 체크인을 하고, 개별적으로 비행기를 타고 가서 현지 공항에 마중 나와 있는 기사 또는 가이드와 만나 여행을 시작하지.

12. 여행 끝! 해피콜

여행이 끝나면 해피콜을 한다. 여행의 만족도 평가와 함께 다음에도 이용해달라는 연락이다. 이 때 만족했던 부분이나 부족했던 부분을 자세히 설명해주는 손님도 있고 그냥 "예~고마워요, 덕분에 잘 다녀왔어요." 하는 손님도 있다. 가끔 컴플레인이 들어오면 개선안을 고민한다.

매일하는 일인데 가족들에게는 이제야 여행을 선물했다. in Guam

다은 언니, 팀컬러(Team Colour)는 뭐예요?

보통 인센티브 단체여행에서 많이 사용되는 용어야. 단체의 성격을 말하는데 예를 들어 50대 남성들의 등산모임, 40대 여성들의 여행계모임, 30대 부부동반모임, 회사포상휴가, 80대 부모님과 6살 아기가 있는 3대 가족여행 등이 있어. 팀컬러에 따라 여행일정, 숙소컨디션 등 제안하는 것이 달라질 수 있기 때문에 자세히 알수록 행사의 만족도가 높아질 수 있어. 패키지추천이나 맞춤 자유여행을 만들 때도 팀컬러는 중요하니 상담할 때 꼭 물어보자.

패키지와 자유여행의 중간, 세미패키지!

패키지는 모든 것이 포함되어 있어 아무것도 신경 쓸 필요가 없다는 것이 장점이라면, 자유시간이 없는 것과 쇼핑센터 방문, 옵션 선택 시 불편하고 강압적인 느낌을 받는다는 것이 단점이라고 할 수 있다. 최근에는 패키지여행에서도 빡빡한 일정이 아닌 여유로움을 추구하는 질 높은 여행이 대세가 되고 있고, 이에 발맞춰 여행사에서도 패키지여행과 자유여행의 장점을 섞은 세미패키지를 만들었다.

세미패키지는 하루나 이틀, 짧게는 반나절 정도를 호텔이나 시내에서 자유롭게 보낼 수 있도록 자유 시간을 준다. 기존 패키지에서 자유 시간을 가질 수 없었던 가장 큰 단점을 보완한 상품이다.

자유일정동안 여행사가 제시하는 옵션이나 관광지 입장권을 구매해 일정을 즐기거나 가이드에게 조언을 구해 현지 대중교통을 이용한 도보여행을 할 수도 있다.

단거리 여행보다는 유럽, 남미 같은 장거리여행에서 이런 세미패키지의 반 자유 여행방식을 선호하는 여행객들의 수요가 많아지고 있다. 완전 자유에 대한 부담은 줄이면서 숙소와 차량, 비상시 기댈 곳이 있는 사람이 있다는 것에 안정을 느끼고 싶은 손님에게 세미패키지를 추천하면 좋다.

몇 년 전 방영했던 예능프로그램, '패키지로 세계일주-뭉쳐야 뜬다'에서 출연자들끼리 이런 대화를 했다. "다음 목적지는 어디에요?"라고 한 사람이 물으니, "그걸 내가 어떻게 알아, 뒤통수만 보고 따라가는 거지" 참 재미있고도 맞는 말이다. 패키지의 편안함은 내가 직접 계획을 할 필요도 없고, 애써서 뭔가를 하지 않아도 된다. 버스에 앉아 있다가 내리라면 내리고, 보라면 보고, 먹으라면 먹고, 이동하라면 또 이동한다. 하지만 한국으로 돌아왔을 때 여행에서 제일 기억 남는 곳이나 도시가 어디냐고 물으면 까먹어서 대답하지 못하는 경우도 허다하다.

반면 자유여행을 하면 어떤가? 본인이 직접 계획을 하고 주체적인 여행을 하니 좀 더 명확하고 길게 기억에 남는다는 장점이 있다. 이렇듯 패키지와 자유여행, 그 어떤 것이 좋고 그름이 없이 각자의 장, 단점이 있다. 우리는 전문가 입장에서 각 여행상품별 특징들을 알아두고 여행객들에게 추천해야한다.

괌, 사이판, 팔라우, 하와이, 몰타, 모리셔스, 몰디브 같은 도시들은 반나절이나 하루만 관광 일정이 있고 나머지는 리조트에서 휴식을 취하거나 자유 시간을 갖는 편이다. 코타키나발루, 발리는 볼거리도 있고 휴양도시로도 유명한 곳이어서 하루, 이틀 정도 자유시간이 있는 세미패키지 여행상품 구성이 많다. 필리핀의 도시들도 부분적으로 휴양과 관광이 섞여 있다. 만약 휴양을 목적으로 하는 손님이나 휴양의 비중이 높은 여행을 고민하는 손님이 있다면 위의 도시를 추천해보자.

패키지여행, 상품가가 계속 오른다고요?

패키지여행은 한번 만들어지면 계속 같은 가격으로 판매가 된다? 아니다. 날짜에 따라 항공요금이 다르듯 여행상품도 날짜에 따라 가격이 달라지는 건 어찌 보면 당연한 일이다. 그런데 같은 날짜에, 동일 상품이 어제 본 금액과 오늘 본 금액이 다른 걸 본 적이 있다면 의문을 가질 수밖에 없을 것이다.

여행상품은 일반적인 물건과는 가격 책정 방식이 다르다. 우리가 주전자를 하나 산다고 치자. 그 주전자는 일반적으로 생산 당시 동일한 금액의 재료를 이용해 대량으로 생산을 해놓고 같은 상품딱지를 붙여 전국으로 판매가 된다. 재생산을 하지 않는 이상 이미 만들어져있는 주전자는 같은 금액으로 판매가 될 것이다. 그렇다면 여행상품은 왜 계속 상품가가 변동이 될까? 이유는 몇 가지가 있다.

첫 번째로, 여행사는 항공사로부터 대량의 단체 항공권을 미리 사놓고 상품을 만들어 판매를 한다. 그런데 사놓은 항공권이 다 소진돼버린다면? 새로 구매해야하는 항공권의 값만큼 금액이 올라갈 수밖에 없는 것이다. 항공사에 추가요청해서 같은 금액을 받을 수도 있지만 그마저도 불가한 상황에는 인디비항공(Individual Ticket=개별 항공) 으로 발권을 해야 한다.

두 번째로, 국제 유류할증료나 환율의 상승으로 적게는 몇 백 원, 많게는 몇 만원까지 상품가가 오르기도 한다. 환율이나 유류는 국제적인 이슈들에 의해 변동이 생기기 때문에 미리 예측할 수는 없다. 그래서 어떤 여행사에서는 환율 차액이 일정 이상을 넘어가면 추가 금액을 받는다는 안내 문구를 일정표 상에 적어놓기도 한다.

마지막으로 여행사의 판매 전략으로 상품가를 단계적으로 올리는 것이다. 이미 출발 확정된 상품이 인기가 좋다면 항공권처럼 계단식으로 조금씩 상품가를 올려서 조정한다. 반면 모객이 없다면 판매 독려를 위해 상품가를 내리기도 한다.

한번은 내가 예약해드린 손님이 상품링크를 들어가서 금액이 오른 것을 보고 확인전화를 해왔다. 우리가 돈을 더 내야하는 것이냐고 물어봤는데 그건 아니다. 예약한 상품가에서 유류할증료를 제외하고 추후 상품가가 올라가는 것에 대해서는 추가요금을 낼 필요가 없다. 예약한 시점의 금액을 기준으로 상품가+유류할증료를 총 금액으로 생각하면 된다. 상품 링크 상에는 이제부터 예약할 때 적용되는 현재시점 기준으로 상품가가 보여 진다. 다만 위에서도 언급했듯 변화하는 유류할증료의 차액은 여행자의 몫이다.

여기까지 패키지도 상품가가 변동될 수 있다는 것을 설명했는데, 손님에게 상품안내를 할 때 어떻게 해야 할까? 3초 동안 생각해보자.

맞다, 정답이다. 상품 안내할 때 항공권처럼 패키지도 상품가가 변동될 수 있다는 점을 안내해야한다. 오늘 문의를 했는데 내일 들어가 봤더니 예약이 불가하거나 상품가가 올랐을 수 있다. 해당 상품에 관심이 있다면 미리 좌석확보를 해놓고 고민해보시라고 제안해도 좋다. 다짜고짜 어제 이 금액이었는데 똑같이 해달라고 떼쓰는 손님을 만나고 싶지 않다면 말이다.

여행사는 패키지를 판매하고 얼마를 남길까?

패키지의 상품가를 이야기하니 여행사의 수익에 대해서도 궁금해할 것 같다. 대부분의 중소여행사들은 대리점형태로 대형 여행사가 만들어 놓은 상품을 대리판매하고 본사로부터 수익을 받는 구조를 가지고 있다. 그럼 중소여행사들은 패키지 상품을 팔고 얼마의 커미션을 받을까?

손님들은 적게는 10~20만원, 많게는 1,000만원이 넘는 금액까지 여행 상품가를 지불하고 여행을 간다. 하지만 여행사들은 손님이 지불하는 전체 상품가가 매출이 아니라 극히 일부만 수익으로 가져간다. 손님들은 큰돈을 주고 예약을 하니까 여행사도 돈을 많이 벌 줄

아는데 여행사는 대부분의 금액이 지출로 빠지는 '알선업'이다.

대형 여행사의 패키지 상품을 대리 판매하는 중소여행사들은 저가 상품에서는 3~5%가 기본이고 고가 상품에서는 9~10% 정도의 커미션을 받는다.

오버컴이라고 해서 기존 커미션 외에 세일즈에게 요청해 추가로 더 달라고 할 때도 있다. 물론 아무 때나 떼쓰듯이 요청하면 안 되고 현금으로 전액 결제를 하거나 인원이 많을 때, 수익률이 높은 상품을 판매했을 때, 한번쯤 문의해볼 수 있다.

상품 커미션을 얼마나 받는지 실제적으로 체감해보기 위해 예시를 한번 들어보겠다. 만약 기본 상품가 350,000원+유류할증료 49,000원=399,000원짜리 방콕&파타야 상품을 판매한다고 치자. 이런 저가 상품은 5%일 확률이 높으니 5%라고 가정해보면 기본 상품가 350,000원의 5%(=350,000 X 0.05) 인 17,500원이 1명을 판매하는 데 받는 수익이다. 너무 적어서 깜짝 놀랐나? 이만큼 요즘은 저가 패키지 상품을 팔아서 남는 게 없다. 차라리 단품인 비자나 항공권을 하나 더 파는 게 나을 정도다. 2만원도 안 되는 돈을 벌며 몇 달간 고객 관리를 해야 하는 것을 생각하면 말이다.

반면 다행히 고가 상품을 팔면 수익률이 높은 편이다. 예를 들어 기본 상품가 3,800,000원+유류할증료 199,000원=3,999,000원 짜리 스위스 상품을 팔아 9% 커미션을 받는다고 가정해보자. 기본 상품가 3,800,000원의 9%(=3,800,000×0.09)인 342,000원이 1명을 판매하는 데 받는 수익이다. 그런데 대부분 패키지는 2인1실 기준이기에 짝수로 예약을 한다. 그럼 2명을 한 예약으로 칠 때 이 예약을 통해 받게 되는 수익은 684,000원이 되는 것이다. 적지 않은 금액이다. 저가 상품을 판매하는 것보다는 수익률이 꽤 높은 편이고 최근에는 크루즈나 캠핑카여행, 특수지역(아프리카, 남미 등)여행 같은 품격 상품들이 많아지고 있어 많은 여행사들의 수익개선에 도움이 되고 있다.

만약 여러분이 매출을 높이고 싶다면 장거리 패키지나 고가 품격 상품을 판매하는 데 전문성을 갖추면 좋다. 크루즈나 품격 상품들도 점점 경쟁이 심해지면 동남아 저가패키지처럼 수익률이 떨어질 수 있지만 그런 시장 환경을 감안하더라도 저가보다는 고가가 낫다.

그럼에도 불구하고 우리 마음과는 다르게 저가 패키지를 찾는 수요는 정말 많다. 이미 저가 패키지를 가봐서 어떤지 알고도 저렴하니까 가는 손님이 있는 반면, 돈을 더 내더라도 괜찮은 상품으로 추천해달라며 저가 패키지에 등을 돌리는 사람도 있다.

그렇다면 어떤 여행이 벌어지기에 사람들의 반응이 제각각일까? 패키지의 금액을 구성하는데 가장 큰 비율을 차지하는 건 단연 항공과 호텔이다. 절대적일 수는 없지만 저가항공사를 이용하는 것보다 대한항공과 아시아나를 이용하는 게 더 비쌀 수밖에 없고, 호텔도 3성급보다는 5성급을 이용하는 게 더 비쌀 수밖에 없다. 그런데 항공도 똑같고 호텔의 등급도 똑같은데 더 저렴한 상품이 있다면 2가지를 살펴볼 필요가 있다.

현지 체류비용, 즉 옵션이 많거나 쇼핑센터 방문이 많거나 둘 중 하나일 확률이 높다. 사실 옵션은 선택이기 때문에 본인의 의사에 달렸지만, 포함 일정은 별로 없고 옵션으로 다 빠져있어서 어쩔 수 없이 돈을 지불하게 되는 상황이 만들어진다는 것이다. 여기까지 왔는데 안할 수도 없고, 안하면 혼자 호텔이나 차 안에서 대기를 하는 상황이 생기기도 한다.

그래서 패키지 상품을 추천할 때는 "이 상품은 현지에서 평균 100달러 정도를 사용하게 되고, 쇼핑센터 방문이 5회입니다." 라고 현지 발생 비용을 언급해주는 게 좋다.

저가 상품을 팔면서 옵션이랑 쇼핑센터 방문할 때 "옵션 안하셔도 되고요, 쇼핑 안하셔도 되요~" 라고 하는 것은 추천하지 않는다. 고객의 선택사항이라지만 여행업계에서 일하면서 현지에서 가이드나 현지 여행사가 겪게 되는 불합리한 상황에 등 돌려 나 몰라라 하고 싶지는 않기 때문이다.

그 말은 즉, 저가 패키지 상품은 이미 행사비 자체가 마이너스다.

날씨가 좋으면 호텔 옥상에서 즐기는 미니게임도 즐겁다. in Hwaii

그렇기 때문에 현지에서 가이드가 손님에게 추가로 옵션을 팔거나 쇼핑센터 방문 후 구매하는 물건에 대한 커미션을 받는 것으로 행사 비를 보충하는 경우가 많다. 우리가 여행사 직원이라면 이런 패키지 상품 구조에 대한 이해가 있어야 하고 손님에게 적당한 설명을 해줘 야 한다.

손님에게 굳이 "업계 구조가 이렇고~" 구구절절 설명하라는 것이 아니다. 저가 상품인 만큼 현지에서 어느 정도 지출이 있을 수 있다 는 점을 충분히 이해시켜야 한다는 것이다. 한국에서 싸다고 해서

갔더니 현지에서 배보다 배꼽이 더 크게 쓰고 왔다며 화를 내거나 쇼핑센터 방문이 뭐 그리 많냐며 화를 내는 사람도 있다.

　이런 상황을 방지하려면 예약할 때 상품에 대한 적절한 이해를 갖도록 설명해야한다. "만약 옵션이나 쇼핑센터 방문 횟수를 줄이고 싶으시다면 상품가가 오를 수 있습니다." 이런 식으로 명확하게 설명을 해줘야 현지에서 발생할 상황에 대한 오해가 없어진다.

04

손님은 모르는 패키지여행
100% 활용 팁!

　　이번에는 여러분이 여행사 직원이 아니라 여행객으로 패
키지여행을 갈 때도 활용해볼만한 팁이다. 패키지여행도 이렇게 다
양하게 활용을 할 수 있다는 것을 안다면 상담에 도움이 될 것이다.

패키지도 일정 연장이 가능하다?

　패키지상품은 보통 정해진 패턴이 있다. 한 여행지를 여행하는데
필요한 가장 평균적인 일수를 기준으로 패키지 일정을 구성하기 때
문이다. 예를 들어 동남아는 3박5일 또는 4박5일, 중국이나 대만은
2박3일 또는 3박4일로 구성된다.

　한 번은 일본을 일주일 이상 다녀오는 패키지는 없냐는 문의를 받
았는데 일본도 2박3일, 3박4일이 패키지 패턴이라서 역시나 이보다

더 길게 여행을 하는 상품은 없었다.

그래서 나는 이 손님에게 3박4일 패키지와 함께 리턴 연장을 추천했다. 리턴 연장이란 말 그대로 돌아오는 항공편의 날짜를 변경하는 건데 항공사에 따라 무료로 변경이 가능할 때도 있고 추가금액을 내야 할 수도 있다. 물론 저가항공은 규정이 까다로워서 연장 자체가 불가한 경우가 많다.

변경이 가능하다는 것을 가정했을 때 숙박료, 교통비, 식대, 여행자보험 등 연장 체류에 대한 모든 제반사항은 손님이 따로 준비를 해야 하며 물론 자유여행으로 진행된다. 만약 가이드와 함께 연장일정에 대한 여행을 하고자 한다면 별도로 수배를 할 수 있지만 소그룹 여행일 때 단독 가이드여행은 비용부담이 큰 편이다.

그래서 길게 여행하고 싶은데 패키지여행을 하고 싶다면 연장된 일정에 대해 자유여행이 가능하다는 전제하에 리턴연장을 하는 것도 하나의 방법일 수 있다.

지방출발인 경우

요즘에는 지방에서 출발하는 항공편수도 많아지고 상품도 다양화돼서 인천공항을 통하지 않고 각 지역에서 출국하는 비율이 높아지고 있다. 항공사들도 지방출발 특가나 프로모션을 많이 진행하고 있는 추세라 잘만 고르면 인천출발보다 더 합리적인 금액으로 여행이 가능하다. 다만 아직까지는 단거리 노선에 치중되어 있고, 유럽이나 미국 같은 장거리 노선은 불가피하게 인천으로 이동을 한 후 패키지에 합류해야 하는 것이 현실이다.

지방에서 인천공항까지 이동하는 방법은 다양한데 KTX, 버스, 자가용 등 육로를 이용하는 방법과 비행기를 타는 방법이 있다. 육로 이동은 짐을 옮기거나 이동을 할 때 다소 불편할 수 있어서 보통 비행기를 이용하는데 비행기는 국내선 항공보다 내항기 이용을 추천한다.

앞서 내항기가 무엇인지는 한번 언급을 했는데 지방에서 해외까지 한 번에 짐 연결이 가능하고 공항을 옮기거나 체크인 수속을 굳이 두 번 할 필요가 없다는 점이 편리하다.

내항기는 국제선 환승전용기인데 하루에 이용할 수 있는 편명의 수가 일반 국내선보다 적지만 국내선을 따로 예약하는 것보다 저렴하게 항공권을 구매할 수 있다.

물론 국내선과 국제선을 같은 항공사를 이용한다는 전제이다. 만약 국제선을 외항사로 탑승한다면 같은 항공 연합사일 때 짐 연결이 가능할 수 있으나 내항기 금액을 할인 받기는 어렵고, 짐 연결도 공항 상황에 따라 불가할 수 있어 당일에 재확인을 해야 한다는 단점이 있다. 또한 내항기는 위에도 언급했듯이 이용할 수 있는 편명의 개수가 적어 자칫 국제선과의 대기시간이 길어질 수 있다는 단점이 있다.

하지만 김포공항에 내려서 인천공항까지 공항이동을 하지 않아도 된다는 것과 수속을 두 번하지 않아도 된다는 점은 정말 큰 장점이다.

내항기, 일반 국내선, 육로이동 모두 각각의 장, 단점을 가지고 있기 때문에 손님의 상황에 따라 좀 더 편리한 방법을 찾아 안내하는 것이 좋다. 패키지상품 안의 국제선 항공권과 내항기를 연결해서 발권해야하기 때문에 상품가와 함께 결제를 받으면 된다.

패키지, 출발 한 달 전에만 취소하면 무조건 전액 환불일까?

"사람 일은 어떻게 될지 모른다." 살다보면 은근 자주 쓰는 말이다. 여행을 앞두고 갑자기 가정사가 생기거나 몸이 다치거나 새로운 생명을 갖기도 한다. 혹시 모를 이런 상황에 대비해서 여행사와 여행자는 여행계약을 체결하게 되는데 일반적인 해외 패키지는 출발하기 한 달 전에 취소할 경우, 내가 낸 계약금을 100% 환불받을 수 있다. 이건 전국 어느 여행사나 동일하게 적용되는 국외여행표준약관에 의해 정해진 규정이라고 할 수 있다.

하지만 항공 선발권TL이 걸리거나 특별히 공급해온 호텔, 식당, 박람회티켓, 전세기, 발권 후 환불이 불가한 현지 국내선 항공 등이 포함된 상품이라면 사전에 별도의 특약을 체결한다. 특약이 있다면 우리는 계약금을 결제하기 전에 손님에게 따로 안내를 해야 한다.

특약이 없다면 여행자는 국외여행약관에 의거 한 달 전까지는 자유롭게 의사 변경을 할 수 있다. 특약이 있다면 아무리 여행이 한 달 넘게 남았더라도 계약서의 특약 사항에 따라 취소수수료를 적용하면 된다. 여태까지 겪은 손님 중에 특약에 대한 안내를 드렸음에도 불구하고 취소할 때 막무가내로 다 환불해달라며 따지는 사람은 없었다.

사전에 충분한 안내를 하는 것이 이래서 정말 중요하다. 그리고 내가 계속 말하고 있는 것! 전화나 대면 상 구두로 설명하는 것이 아니라 꼭 문자형식으로 남겨야한다. 사전에 안내를 하고 계약을 체결했음에도 생떼를 부리는 손님이야말로 진상이 아닐 수 없다.

전세기 상품을 이용해볼까?

전세기란 사전적 의미로는 세를 내고 빌려 쓰는 비행기라는 뜻으로 영어로는 'CHARTER FLIGHT' 라고 하는데 줄여서 '차터' 라고 부른다. 많은 여행사들이 전세기상품을 기획해서 항공사와 계약을 맺고 상품을 구성하곤 하는데, 전세기의 가장 큰 장점은 평소에 이동하기 어려웠던 지역으로의 편리한 접근성을 만들어 낸다는 점이다.

수요에 따라 지방출발 직항편이 기획되기도 하고, 인천에서도 직항이 없던 뜨는 여행지, 해당 관광청이나 항공사, 여행사들이 집중하고자하는 여행지에 전세기를 기획하기도 한다.

사실 신입들이 하는 업무는 아닐 수 있지만 회사에서 주력으로 판매하는 상품에 대해서는 알아두는 것이 좋다. 만약 내가 입사를 하고 싶은 여행사가 있다면 그 회사가 운영하는 중이거나 운영해왔던 전세기 상품들을 눈여겨보고 어떤 항공사와 제휴를 많이 하는지, 어떤 노선에 주력하는지 등을 살펴보며 면접에 활용하는 것도 좋은 방법이다.

대중적인 여행지 말고 조금은 신선하고 새로운 이색 여행지에 대한 니즈가 생기고 그에 발맞춰 여행업계는 새로운 여행지를 개척하고자 다양한 노력을 하고 있다. 새로운 도시가 아니더라도 꾸준히 인기 있는 지역의 성수기 추가모객을 위해 전세기를 띄우는 경우도 있다.

단, 전세기를 이용할 때 주의해야 할 사항들이 있다. 사전 웹 체크인이 불가하고, 도심공항터미널을 이용할 수 없다. 또한 항공사나 편명에 따라 마일리지 적립 및 업그레이드가 안 될 수 있기 때문에 손님에게 이런 특성들을 미리 안내해야한다. 또한 전세기는 특약조건을 내걸어 일반 패키지보다 취소 패널티 규정이 강하다. 예약금 결제하기 전에 이 부분을 꼭 안내해야 한다.

아참! 전세기 상품은 프로모션이나 이벤트 사은품들이 많고 판매했을 때 커미션도 높은 편이니 모객을 위한 마케팅을 해보기 좋은 상품이다.

FOC 티켓은 누구에게로?

'Free of Charge'의 약자인 FOC, 이 용어는 업무 중 몇 가지 뜻으로 사용된다. 여행사 인솔자나 단체 손님 중에 대표 인솔자가 따라갈 때 이 인솔자의 여행금액을 나머지 여행객들의 상품가에 녹이게 된다. '15+1FOC'라는 말은 15명 단체에 1명의 인솔이 따라간다는 의미다. 그럼 항공과 지상 모두 16명의 총 비용을 15명으로 나눠서 N분의1가격으로 계산한다.

예를 들어 대학원에서 대학원생 30명에 교수 2명이 따라간다면 교수들은 비용을 내지 않는다는 전제 하에 인솔자까지 합쳐서 총 3명의 FOC가 된다. 그럼 총 33명의 비용을 30명이 나눠서 내는 것이다.

그런데 항공사에서 단체항공 구매 시 FOC 티켓, 즉 무료티켓을 제공해주기도 한다. 예를 들어 대한항공으로 15명을 예약했는데 항공사에서 15명을 예약했으니 1개는 무료로 티켓을 준다고 가정한다면 1명 인솔에 대한 항공료는 굳히게 된다. 이런 무료 티켓은 '그룹예약 클래스'인 'G CLS'로 예약되었을 때 지원되고 단체인원이 예약했더라도 G가 아닌 다른 등급의 클래스로 예약할 때는 지원되지 않는다. G를 주느냐 마느냐는 항공사가 결정한다.

만약 인솔자가 없는 상품에서 항공사로부터 FOC 티켓이 나오면 상품 담당자는 이용할 손님을 찾아서 이 무료티켓을 소진하고자 한다. 손님이 이 FOC 티켓을 사용하면 여행사에서는 항공티켓 1장 값을 추가 수익으로 잡을 수 있기 때문이다.

그래서 손님들에게 FOC 티켓 사용 여부를 물어보는데 이 티켓을 사용하는 손님에게는 단거리 예시로 3~5만원의 상품가 할인을 받을 수 있는 혜택을 준다.

대신 리턴 변경이 불가하거나 마일리지 적립이 안 된다는 단점이 있다. 만약 내 손님이 마일리지를 모은다면 FOC 티켓을 사용하고 할인받으라는 말을 굳이 할 필요가 없고, 마일리지를 모으지 않는 손님 중에 상품가에 민감한 손님이나 연세가 많아 여행을 많이 다니지 않는 손님에게 FOC 티켓 사용을 제안해도 좋다.

단, 갑자기 마음이 바뀌어서 취소하면 곤란하기 때문에 꼭 FOC 티켓 확정 전에는 특이사항을 정확히 안내해야한다.

11 : 고객이 여행을 취소한다면 여행사는 남는 게 있을까?

고객이 개인적인 사정으로 인해 여행취소 의사를 밝혔을 때만큼 기운 빠지는 일이 없다. 여행 상담을 하고 예약을 진행하면서 들인 정성과 시간에 대한 아무런 소득 없이 끝내야하기 때문이다. 꽤 오래전부터 여행 상담에 대한 비용을 받아야한다는 이야기가 있었지만 요즘처럼 경쟁이 심하고 정보가 넘쳐나는 상황에서 실현되기란 쉽지 않은 일이다.

정말 순수하게 상품을 구매하기 전에 궁금증이 있어 문의를 하는 것은 차라리 감사한 일이다. 그냥 정보만 얻기 위해 전화해서 상품을 구매할 것처럼 말한 뒤 궁금한 것만 물어보고 끊는 사람들도 허다하다. 정보 빼가기 위해 전화한 사람은 딱 티가 나는데 아닌 척 순수하게 물어보는 그 모습이 너무 얄밉기도 하다. 거기다고 퉁명스럽게 툭 끊어버릴 수도 없는 노릇이다. 정보와 시간이 돈인 세상에서 이런 상황이 반복되는 것에 대해 참 안타깝게 생각한다.

패키지 회사들의 상품을 대리 판매할 때는 국외여행약관대로 손님이 물어야 할 패널티가 부과되는데 그 금액은 패키지 본사에서 제하고 손님에게 환불이 되는 것이기 때문에 중간 대리점인 중소여행사에서는 받을 수 있는 돈이 없다. 결론적으로 손님이 패키지를 취소하면 패키지 본사에서는 약관대로 패널티를 물지만 실제 판매를 위해 상담을 진행한 중간 대리점은 남는 것이 없다.

생애 처음으로
해외여행을 가는 손님이 있다면
어떤 곳을 추천하면 좋을까?

03 | CHAPTER _ 03
베테랑 컨설턴트의
여행지 추천비법

자유시간에는 손님들에게 도시의 유명한 커피 한잔을 대접한다. in Hallstatt

대표여행지별 여행하기 좋은 시기와 여행 목적별 추천

여행사직원은 캐셔처럼 단순히 만들어진 상품만 판매하는 사람이 아니다. 트랜드에 맞게 지역을 선정해 상품을 개발하기도 하고 손님에게 조금이라도 더 나은 상품을 추천해서 궁극적으로는 여행의 만족도를 이끌어내야 한다.

여행지를 선택하는 기준은 사람마다 다르다. 날씨, 비행시간, 목적(휴양, 관광)이 될 수도 있고 남들이 가보지 않은 특별한 여행을 꿈꿀 수도 있다.

만약 여행지를 정하지 못한 손님이 있다면 여러분은 어떻게 할 것인가? 다양한 지역에 대한 정보를 알지 못하면 추천은 고사하고 단순 판매에 그치고 말 것이다.

이번 챕터에서는 대표여행지별 여행하기 좋은 시기와 여행기간별 추천할 만 한 여행지들, 목적별 추천 여행지를 소개한다.

여행지 추천의 기술

"여행지 선택은 완전히 주관적인 것"

대부분의 여행객은 어디를 갈지 정한 뒤 문의하는 경우가 많은데 그렇지 않은
손님들을 위해 전문가의 입장에서 추천을 할 수 있어야 한다.

처음으로 해외여행을 가는 손님이 있다면 어떤
곳을 추천하면 좋을까? 그것도 패키지가 아닌 자유여행하기 좋은 곳
을 찾는다면? 그건 3가지의 조건을 충족하면 된다.

첫째, 인터넷에 정보가 많고 둘째, 직항이 있고 셋째, 도보나 대중
교통으로 어디든 이동하기 편리한 도시가 좋다. 거기다 비자도 필요
없는 곳이라면 만점이다.

여행지 선택에 정답은 없고 완전히 주관적으로 정해지는 거지만
'여기 가면 평타는 친다!' 라고 도전장을 내미는 도시들이 있다. 대표
적으로 일본의 오사카나 도쿄, 태국의 방콕, 대만의 타이베이, 홍콩
같이 대중교통이 잘 발달해 있고 전 세계 여행객들이 모이는 배낭여
행자의 천국 같은 곳이다. 좀 더 장거리로 나간다면 유럽의 대도시

들도 괜찮다.

첫 자유여행은 무엇보다 용기가 제일 중요하다. 손님의 용기가 어디까지냐에 따라 여행지의 추천범위도 넓어진다. 걱정이 많은 사람이라면 치안이 좋은 국가들을 소개하면 된다.

대부분의 여행객은 어디를 갈지 정한 뒤 문의하는 경우가 많은데 그렇지 않은 손님들을 위해 전문가의 입장에서 추천을 할 수 있어야 한다.

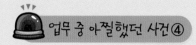
손님의 항공을 취소해버렸다

아주 기본적인 것을 실수한 이야기다. 개별항
공은 항상 예약 후 시스템 상에 나오는 시간 내에 결제 및 발권을 해
야 한다. 만약 그 시한 내에 발권을 하지 못할 것 같으면 새로 예약
을 생성해 발권 시한을 연장하곤 한다. 그 날도 어김없이 항공 시스
템을 이용해 생성한 PNR을 시한 내 발권하지 못할 것 같아서 PNR
삭제 후 재 예약을 잡으려고 했다. 그런데 삭제를 해놓고 새로 예약
을 생성하려고 보니 모든 좌석이 싹 다 마감돼있었다. 순간 눈앞이
하얘지는 기분이었다. PNR을 삭제하기 전에 당연히 좌석이 있는지
를 확인해야하는데 안일하게 있을 것이라고 생각하고 덜컥 삭제부
터 해버렸으니 순식간에 그 손님의 자리가 사라져버린 것이다. 그
날은 온종일 "한 좌석이라도 나와라~제발 나와라~"하며 항공 시스

템만 보고 있었다. 그런데 감사하게도 딱 1석의 자리가 풀려 미친 듯이 지시어를 눌러 PNR을 완성했다. IR(지우기 후 재 조회)로 재확인을 해보고 나서야 온 몸의 응축돼있던 긴장이 풀렸다. 알트와 화살표, 엔터(Alt+↑+Enter)를 계속 누르며 항공 일정을 재조회한 집념이 자리를 만들어 준 것 같았다. 절대 취소되면 안 되는 일정이었기에 지금 다시 생각해도 아찔하다.

01

여행하기 좋은 시기란
언제일까?

　　대부분의 손님들은 본인이 원하는 여행지를 정해놓고 문의하는 경우가 많다. 그렇지만 손님이 골라왔다고 상품을 바로 추천하기 보다는 그 지역의 날씨를 고려해 여행하기 좋은 시기를 추천한다면 전문성이 돋보인다.

　한 가지 참고해야 할 것은 우리나라만 봐도 봄, 여름, 가을, 겨울 각기 다른 매력을 가지고 있듯 모든 여행지가 그렇다는 사실이다. 비가 오는 걸 좋아하는 사람이 있고 추운 겨울보다는 더운 여름이 낫다고 생각하는 사람이 있듯이 받아들이는 사람에 따라 여행하기 좋은 시기는 달라진다.

　그럼에도 불구하고 동남아는 날씨의 영향을 많이 받는 편인데 우기와 건기로 구분되기 때문이다. 무조건 우기가 나쁘고 건기가 좋다는 것은 아니지만 최소한 극심한 우기는 피하는 것이 여행하기 편하고 너무 더운 때보다는 약간의 스콜 성 비가 내리는 우기 끝물 정도가 여행하기 좋을 수 있다. 날씨를 월별로 명확히 구분하는 것은 불가하기 때문에 아래의 표는 참고정도만 해두자.

한눈에 보는 우기와 건기

도시	월별 구분 / 색칠 = 우기											
	1월	2월	3월	4월	5월	6월	7월	8월	9월	10월	11월	12월
중국 하이난				■	■	■	■	■	■	■		
홍콩					■	■	■	■	■	■		
대만 타이베이					■	■	■	■	■			
대만 타이중					■	■	■	■	■			
대만 가오슝					■	■	■	■	■			
필리핀 세부						■	■	■	■	■		
필리핀 보라카이						■	■	■	■	■		
필리핀 마닐라						■	■	■	■	■		
베트남 다낭	■								■	■	■	■
베트남 나트랑	■								■	■	■	■
베트남 호치민					■	■	■	■	■	■		
베트남 푸꾸옥					■	■	■	■	■	■		
베트남 하노이					■	■	■	■	■	■		
베트남 달랏				■	■	■	■	■	■	■		
캄보디아 씨엠립					■	■	■	■	■	■		
태국 방콕					■		■	■	■	■		
태국 푸켓					■	■	■	■	■	■		
태국 치앙마이					■	■	■	■	■	■		
말레이시아 쿠알라룸푸르			■	■	■				■	■	■	■

말레이시아 코타키나발루	■	■	■						■	■		
말레이시아 랑카위			■	■	■	■	■	■	■			
라오스			■	■			■	■				
싱가포르	■	■							■	■		
인도네시아 발리	■	■					■	■	■	■		
괌				■	■	■	■	■	■	■		
사이판				■	■	■	■	■	■	■		
하와이	■	■										

＊말레이시아와 싱가포르는 1년 내내 비가 올 확률이 높은 곳이다. 특히나 비가 많이 내리는 달은 제외하고 습도가 비교적 낮은 때를 골라가는 편이 현명하다.

여행상품 개발을 할 때는 홍보용 사진을 찍는 것도 잊지 않는다. in Kanchanaburi

다음은 우리나라 사람들이 좋아하는 대표 여행지들의 여행하기 좋은 시기를 정리해보았다. 객관적인 날씨정보와 약간의 주관적인 의견을 고려해서 설명했다는 것을 참조하자.

참, 아무리 날씨가 좋은 때에도 여행객이 몰리는 12월 말~1월 초, 7~8월 연휴기간은 어디를 가든 사람이 붐벼 일정 소화가 힘들 수 있다. 그 점을 참고하여 나이가 많거나 거동이 불편한 교통약자, 갓난아이가 있는 손님에게는 언급을 해주면 좋다.

여행지	여행하기 좋은 시기	비 고
일본 도쿄	3월 말~ 4월 벚꽃시즌	
일본 오사카 &교토	12~2월 겨울 온천여행	
일본 삿포로	12~3월 축제시즌 날씨는 6~7월이 따뜻하다.	4월 말~5월초 일본 국민들의 휴가 '골든 위크' 때는 비싸기도 하고 사람이 많아 피하는 것이 좋다. 일본의 추석인 8월 오봉 기간도 피하는 것이 좋다.
일본 오키나와	연평균 22도로 따뜻하지만 5~6월 장마시즌은 피하고, 7~9월까지 한낮에 무지 덥지만 물놀이하기는 좋다. (단, 태풍 주의!)	7~8월 각종 축제와 불꽃축제가 열리지만 심하게 붐비고 덥다.
중국 상해	3~5월, 10~11월	7~8월에는 비가 오고 습하며, 12~2월은 춥다.

중국 북경	4~5월, 9~10월	6~8월은 비가 오고 습하며, 12~2월은 춥다.	
중국 청도	3~5월, 9~11월	겨울에도 한국보다 기온이 높은 편이다.	
중국 하이난	11~3월	4~10월 우기 철은 높은 기온으로 습하고 태풍이 올 수 있다. 특히 4~6월이 가장 덥고 습하다.	중국 최대 명절 춘절이 있는 2월 초, 국경절이 있는 10월 초에는 많은 중국인들이 이동하기 때문에 피하는 게 좋고 많은 상점들도 문을 닫는다.
중국 백두산	5~8월	9월 말~4월초까지를 동절기라 보는데 11~3월은 영하, 10월부터는 눈이 꽤 오기 시작한다. 등반하기 좋은 여름 중 7~8월은 장마가 올 수 있다.	
홍콩	12~3월까지 선선하고 최대 쇼핑 세일을 즐길 수 있다.	6~9월은 덥고 습한데 강수확률이 높고, 태풍이 올 수 있다.	
대만 타이베이	11월 말~4월 중순	대만의 설(1월 말–2월 초)은 큰 명절로 대부분의 상점이 문을 닫기 때문에 피해 가는 것이 좋다. 5~11월 중순은 우기이며, 태풍 영향권에 속할 수 있다.	
대만 가오슝	타이중보다 기온 조금 높음		
필리핀 세부	12~4월	6~11월 우기, 10~12월은 태풍이 오기도 한다.	4월 중순~말 '홀리위크' 기간에는 많은 상점들이 문을 닫고 이동시간도 오래 걸릴 수 있다.
필리핀 보라카이			
필리핀 마닐라	11~5월	6~10월 우기	

베트남 다낭	3~6월	6~8월까지는 건기시즌이지만 다소 더울 수 있고, 8~1월은 우기에 태풍이 올 수도 있다.	베트남의 설(1월 말-2월 초)은 큰 명절로 대부분의 상점이 문을 닫기 때문에 피해 가는 것이 좋다.
베트남 달랏	12~3월	4~11월 우기, 해발이 높아 일교차가 있다.	
캄보디아 씨엠립	11~1월	5~10월 우기이며, 3~5월이 폭염으로 가장 덥다.	
태국 방콕	11~2월	6~10월 우기	
태국 푸켓	11~4월	5~10월 우기인데 9~10월에 특히 많이 온다.	4월 쏭크란 축제에는 전 세계 여행객들이 모인다.
태국 치앙마이	11~2월	3~5월은 제일 덥고, 5~10월 우기다.	
말레이시아 쿠알라룸푸르	5~6월, 12~2월	3~5월, 10~12월이 우기지만 건기 때도 비가올 수 있다.	
말레이시아 코타키나발루	3~4월	1년 내내 강수확률이 있지만 8~12월에 특히 많이 온다. 건기/우기가 모호한 편이다.	
싱가포르	7~10월	11~3월까지 우기라고 하지만 연간 비가 내리고 무덥다. 특히 3월 말~6월초까지 제일 덥다.	
러시아 블라디보스톡	4~10월 중 8~10월이 가장 좋다.	6~7월은 3일에 한번은 비가 오는 편이고, 11~3월초까지는 기온이 영하로 떨어져 피하는 것이 좋다.	
러시아 샹트 페테르부르크	5~9월	11~3월은 기온이 영하로 떨어진다.	
러시아 모스크바	4~9월 중 4~5월이 가장 좋다.	11~3월은 기온이 영하로 떨어진다.	

러시아 바이칼호수	여름 6~9월, 겨울 2~3월	겨울은 정말 춥지만 얼음이 언 호수의 모습이 장관이다.	
몽골	6~8월	7월은 몽골 최대의 축제인 '나담 축제'가 열린다.	
호주 시드니	12~3월(여름) 여름 에는 습하고 비가 내린다.다른 도시와 다르게 6~10월 겨 울이 강수량이 적고 따뜻하다.	한국과 정반대의 기후를 가졌다. 한여름의 크리스마스를 즐길 수 있고, 우리가 추울 때 따 뜻한 곳으로 가고자하는 수요가 선호하는 여행지이다.	
호주 멜버른			
호주 케언스			
호주 퍼스	12~3월 시원한 바닷바람		
뉴질랜드 오클랜드	11~4월	5~10월은 2일에 한번 비가 온다. 11~2월은 따뜻하긴 하나 강수확 률이 있는 편이다.	뉴질랜드도 4계절이 있는 편이다. 남반구에 위치해 우리와는 반대의 계절이다. 10~12월 여름 3~5월 가을 6~8월 겨울 9~11월 봄
뉴질랜드 크라이스트 처치	11~4월이 따뜻해 서 제일 좋고, 5월, 9~10월은 선선하다.	5~10월은 오클랜드처 럼 비가 많이 오지는 않지만 6~8월은 밤낮 으로 영하기온으로 떨 어진다.	
캐나다 밴쿠버	5~9월	연중 비가 내리고, 10~4월까지 특히 많이 내리는데 2일 에 한번 꼴로 내린다. 항상 우산을 챙겨 다니는 게 좋다.	
캐나다 토론토	4월말~5월, 9월 중순~10월	12~3월은 기온이 영하로 떨어지고 눈바람도 많이 부는 한겨울이다. 7~8월은 따뜻하지만 습하다.	
캐나다 퀘백	6~9월	11~3월까지 영하권이다.	
미국 샌프란 시스코	2~11월	12~3월은 한 달에 일 주일 이상 비가 오고 서 늘한데 한국의 초겨울 날씨 정도다.	큰 명절로 미국의 크리스마스 를 포함한 연말~연초까지 많 은 상점이 문을 닫기 때문에 피해 가는 것이 좋다.
미국 LA	연중 따뜻한 날씨 를 가졌다.	6~9월이 더 더운 편이다.	

미국 라스베가스	4~5월, 9~10월	6~8월이 1년 중 제일 더운 달로 낮에 굉장히 덥다.
미국 뉴욕	5~6월, 9~11월	12~2월은 영하로 기온이 떨어지고 눈이 오기도 해 춥고, 7~8월은 덥고 습해 피하는 것이 좋다.
멕시코 멕시코시티	3~5월 11월 초 : 망자의 날 축제 the Day of the Dead(Día de los Muertos)	멕시코에서 가장 추운 1월에도 최저기온이 5도 정도로 연중 온화한 날씨를 가지고 있지만 11~2월 겨울은 꽤 쌀쌀하고, 6~9월 말은 비가 자주 내린다.
멕시코 칸쿤	12~4월(단, 12월 중순~1월 중순 제일 비쌈) 12월초, 4월 방문하면 날씨나 가격 면에서 추천한다.	5~10월에 비가 와 습하고, 6~11월은 허리케인이 강타할 수 있다.
쿠바 하바나	12~4월 12월 재즈 페스티벌	5~11월은 강수확률이 높고, 8~10월이 특히 습하고 허리케인이 올 수 있다. 5월1일 노동절은 법정 공휴일로 대규모 행사, 정치적 집회, 행진 등으로 거리가 붐빌 수 있다.
세이셸	4~6, 9~11월	연간 온화한 날씨로 물놀이 가능, 10~4월 우기인데 12~1월이 가장 강수율이 높다. 사실 이곳의 명확한 우기는 없다.
모리셔스	10~4월	여름, 겨울 2계절이 있지만 1년 내내 기온이 비슷해 언제 방문해도 좋다.
몰디브	11~4월	5~10월 우기인데 6월이 가장 강수율이 높다.
터키	봄 4~5월, 가을 9~10월	터키는 우리나라처럼 4계절이 있는 나라로 봄, 가을이 여행하기 좋다. 겨울 11~3월은 춥고 비와 눈이 많이 오는 편. 여름 6월 중순~8월은 여행 성수기이지만 한낮 기온이 40도에 다를 때도 있을 만큼 덥다.

그리스 산토리니	4~6월, 9월 (물놀이는 6~9월 추천)	3~11월까지 다 방문하기 좋은데 7~8월은 가장 덥고, 관광객이 넘친다. 겨울철인 11~3월은 춥고 비가 조금씩 내리고 많은 식당들이 문을 닫는다.(대신 비용 절감 가능)
영국 런던	3~9월	11~2월은 겨울로 비도 많이 오고 기온이 낮아서 춥다. 런던은 연중 비가 올 수 있다.
이탈리아 베니스	4~5월, 9~10월	11~2월까지는 다소 기온이 떨어지고 홍수가 발생할 수 있다.
이탈리아 로마	3~6월, 9~10월	연중 언제 방문해도 좋지만 1~2월은 춥고 강수량이 있다. 7~8월의 한낮 더위는 무덥다. 야외 유적관광지가 많은 이태리를 한낮에 볼 때는 체력이 필요하다.
아일랜드 더블린	4~10월	연중 내내 강수확률이 높은 곳이며, 12~2월은 춥다.
스페인 바르셀로나	3~6월, 9~11월	연중 강수율이 낮고 유럽에서도 따뜻한 곳으로 꼽힐 만큼 겨울에도 여행 다니기에 큰 부담 없는 날씨다.
스페인 마드리드	4~6월, 9~10월	6~8월 한낮기온이 높고 12~2월은 춥다.
포르투갈	5~9월	11~3월 춥고 비가 내린다.
독일 프랑크 푸르트	4~10월	12~2월은 춥고 비가 많이 내린다. 평균적으로 독일 내에서 따뜻한 지역에 속한다.
독일 뮌헨	4~10월	9월 말~10월 초에 세계적인 옥토버페스트 맥주축제가 열린다. 12~2월은 영하로 떨어질 만큼 춥고 비가 내린다.
독일 베를린	4~10월	11~3월은 비가 많이 오고 춥다.
스위스 인터라켄	6~9월	11~2월은 춥다. 알프스를 등정하려는 여행객들이 많은 곳이기 때문에 산 위의 기온도 고려해야한다. 여름에도 눈이 있는 산이 있다.
오스트리아	4~5월, 9~10월	12~2월은 춥고 눈, 비가 내린다.
프랑스 파리	4~6월, 9~10월	12~2월은 춥고 비가 내린다.
프랑스 니스	연중 지중해성 기후, 5~9월에 물놀이하기 좋다.	12~2월이 겨울에 속하지만 다른 도시들에 비해 기온이 높다.

헝가리 부다페스트	4~10월	12~2월은 춥고 눈, 비가 내린다.
체코 프라하	5~9월	12~2월은 춥고 눈, 비가 내린다.
크로아티아	3~10월	12~2월은 겨울에 속하지만 다른 도시들에 비해 기온이 높다. 하지만 플리트비체 국립공원의 매력은 반감된다.
덴마크	4~8월	연중 비가 내릴 수 있다. 9월부터 시작해 3월까지 강수량 이 높고 영하로 내려가는 기온 때문에 춥다.
핀란드, 노르웨이, 스웨덴	5~9월	오로라 관측은 10~3월 11~3월은 춥고 눈이 내린다.
아이슬란드	6~7월	오로라 관측은 10~3월
남미(칠레, 아르헨티나, 브라질, 페루, 볼리비아)	나라와 지역위치 별로 상이하나 9~11월 봄, 12~3월 여름, 3~5월 가을, 6~8월 겨울 정도로 보면 된다.	* 별도 설명

　남미는 큰 대륙이고 보통 쉽게 갈 수 없는 여행지이기 때문에 한 번 갈 때 여러 나라를 묶어서 간다. 그래서 각 나라별 날씨를 구분하기 보다는 남미를 전체적으로 여행할 때 어떻게 준비할지를 고민하는 편이 더 효율적이다.

　남미는 우리나라와 정반대의 날씨를 가지고 있다. 현지의 여름 기간인 12~3월까지가 남미를 가장 많이 가는 시즌인데 가장 큰 이유는 두 가지가 있다.

첫 번째는 우유니소금사막의 경계 없는 환상적인 반영을 보기 위해서고 또 한 가지는 남미에서도 최 남부에 위치한 파타고니아 지역의 빙하를 관람하기 위해서다. 그리고 마추픽추를 보기에도 좋은 날씨다.

우리나라 사람들에게 남미여행이 환상적이라는 것을 각인 시킨 주인공은 단연 우유니 소금 사막이다. 새하얀 소금에 잔잔하게 고인 물 위로 더 새하얀 구름이 비친다. 그 곳에서 사람들은 각양각색의 포즈를 취하며 추억을 남긴다.

여행 속에서는 누구나 어린아이가 된다. in Salar de Uyuni

남미대륙은 세로로 길게 늘어진 모습을 하고 있는데 그 말은 즉, 최북단과 최남단의 기온차이가 있다는 뜻이다. 전 세계에서 긴 걸로 치면 빼기 서운한 칠레는 엄청 건조한 지역과 연중 내내 비가 내리는 지역을 동시에 가졌다. 이처럼 남미대륙을 전체적으로 여행하기를 희망한다면 언제가든 여행지역에 따라 4계절 옷이 다 필요할 수 있다. 또 길기만 긴가? 고산지대도 많아서 아침, 저녁 일교차도 크다.

02

여행 기간별 여행지 추천의 기술

　　모든 여행에는 기간에 대한 정답은 없다. 하지만 사람들이 여행을 할 때 비행 소요시간을 감안해서 '이 지역은 며칠정도면 충분히 둘러본다.' 라는 나름의 기준을 정하게 되었다. 예를 들어 일본은 2박3일 또는 3박4일, 호주는 5박7일, 미국과 유럽은 6박8일, 7박9일 이런 식으로 말이다. 그래서 자유일정을 계획할 때 감이 오지 않는다면 1차적으로 패키지 일정을 참조해서 각 도시별 평균 체류일 수를 파악하면 된다.

　　몸이 불편하거나 어린 아이를 동반하는 손님은 중, 장거리 여행보다는 단거리 여행을 선호하는 편이기 때문에 그에 맞는 지역을 추천할 수 있어야 한다.

대표 여행지별 비행 소요시간

런던
12시간 소요

타이베이
2.5시간 소요

싱가포르
6.5시간 소요

시드니
10시간 소요

LA
11시간 소요

뉴욕
14시간 소요

브라질리아
24시간 소요

도 시	예상 소요시간
중국 청도	1시간 40분
일본, 중국 북경, 상해, 타이베이, 러시아 블라디보스톡	2시간 30분
중국 서안	3시간 10분
몽골, 중국 심천	3시간 45분
홍콩, 중국 장자제	4시간
사이판, 괌	4시간 20분
필리핀 세부, 보라카이, 중국 하이난, 베트남 다낭, 하노이	4시간 40분
베트남 호치민, 말레이시아 코타키나발루	5시간 20분
태국 방콕	5시간 40분
싱가포르, 말레이시아 쿠알라룸푸르	6시간 20분
발리	7시간 10분
우즈베키스탄 타슈켄트	7시간 40분
하와이	8시간

핀란드, 미국 시애틀, 캐나다 밴쿠버	9시간 50분
호주 시드니	10시간
두바이	10시간 45분
뉴질랜드, 체코, 오스트리아, 크로아티아 자그레브, 미국 서부	11시간 20분
터키, 이탈리아 베니스, 독일 프랑크푸르트, 네덜란드	12시간
몰디브, 프랑스 파리, 영국 런던, 스웨덴, 피지	12시간 20분
이탈리아 로마, 스페인 바르셀로나, 헝가리, 덴마크, 캐나다 토론토	12시간 50분
스페인 마드리드, 노르웨이, 미국 아틀란타	13시간 40분
스위스, 벨기에, 조지아, 미국 뉴욕	14시간
그리스 아테네, 아일랜드	15시간
포르투갈	15시간 30분
아이슬란드	15시간 45분
모리셔스, 세이셸	16시간
미국 마이애미	17시간
멕시코 칸쿤	17시간 30분
남아프리카공화국 요하네스버그	18시간
캐나다 퀘백	18시간 30분
쿠바	18시간 50분
칠레, 브라질, 아르헨티나	25시간

직항이 없는 구간은 경유기준으로 확인을 했고 언제든 항공 (직항/경유 일정) 은
변동사항이 생길 수 있다.

　인천출발 기준으로 단거리는 소요시간 차이가 크지 않은데 장거
리는 직항인지 경유인지에 따라 차이가 크다. 그래서 이 시간들을
다 외울 것이 아니라 지도를 펼쳐봤을 때 "이 정도 위치면 몇 시간
정도 걸리겠구나!" 하는 감만 익히면 된다.

만약 비행 소요시간을 봐도 어떤 지역을 추천해야할지 감이 안온다면 내가 손님에게 추천하는 방식을 간단하게 소개해보겠다.

3일 이내의 여행을 계획 중이라면 근거리인 일본, 중국 청도, 북경, 상해, 서안, 대만, 홍콩, 마카오, 러시아 블라디보스토크 정도를 추천하면 좋다. 다 2~3시간 이내에 갈 수 있는 가까운 도시이고 대표 관광지도 2박3일, 3박4일 정도 일정으로 충분히 돌아볼 수 있다.

5~6일 이내로 여행을 계획 중이라면 중거리인 싱가포르, 베트남, 태국, 캄보디아, 라오스, 필리핀, 말레이시아, 괌, 사이판 정도를 추천하면 된다. 4~6시간 소요되기 때문에 너무 짧은 일정으로는 추천하지 않고 4~6일 정도가 적당하다.

6~9일 이내 여행을 계획한다면 인도네시아 발리, 호주, 뉴질랜드를 추천한다. 비행시간이 7~10시간 정도 소요되는데 꽤 오래 걸리는 만큼 일주일은 되어야 여유로운 여행을 할 수 있다.

10일 이상 간다면 캐나다, 미국, 멕시코, 유럽 등 장거리 여행지를 추천하자. 만약 3주에서 한 달 이상 여행이 가능하다면 남미, 아프리카 같은 흔히 가볼 수 없는 여행지를 추천하는 것도 좋다. 하지만 요즘은 한 도시에 머물며 현지인처럼 살아보는 장기여행이 인기가 있어서 비행시간과 상관없이 손님의 컨셉에 맞게 동남아를 추천할 수도 있다.

 다은 언니, 갈 때와 올 때 비행시간이 왜 달라요?
좋은 질문이야. E-ticket을 보면 비행소요시간이 나오는데 한국에서 목적지로 갈 때와 다시 한국으로 돌아올 때 비행시간이 다른 걸 볼 수 있어. 그 이유는 '제트기류'라는 강한 기류 때문이야. 강한 바람을 타고 가면 연료도 아끼고 더 빨리 비행할 수 있지만 반대 방향으로 저항하며 가게 되면 더 오래 걸릴 수밖에 없는 원리지. 한 가지 더 알아두면 좋은 게 있어. 아래 스케줄을 예시로 들어볼게.

출발 : 인천-방콕 20:55-01:40+1DAY
리턴 : 방콕-인천 02:40-10:20

시간을 계산해보면 인천에서 방콕으로 갈 때는 4시간이 걸리고 방콕에서 인천으로 올 때는 8시간이 걸리는 것처럼 보이지? 충분히 헷갈릴 수 있는데 이건 당연히 오해야. 시차가 없는 지역은 항공권에 적혀있는 출, 도착 시간 그대로 실제 소요시간을 계산하면 되는데 시차가 있는 곳은 달라. 인천 출발할 때는 한국 시간, 방콕에 도착하는 순간부터는 태국 시간으로 기재가 되는 거야. 생각보다 엄청 자주 듣는 질문이니 꼭 알아두자.

첫 상담 시 손님에게 받아야 할 정보

여행 상담을 할 때 손님에게 받아야 할 정보들이 있는데 위에도 언급했듯이 첫 상담 때 최대한 많은 정보들을 파악해야 두 번 일하지 않을 수 있다.

1. **여행 가능 날짜 및 기간** : 보통 정확한 날짜를 알려주지만 가끔 아무 때나 된다는 사람도 있다. 그런 사람에게는 월초, 중순, 말 중 언제가 좋은지, 평일과 주말 다 상관없는지 물어보면 좋다.

2. **여행지역** : 여행지역을 정하지 못한 사람에게는 질문을 통해 원하는 것을 유추해야한다. 관광을 원하는지, 휴양을 원하는지, 관광과 휴양이 적절히 섞인 곳을 원하는지 그간 다녀왔던 곳은 어디인지 대화를 나누다보면 여행지역이 몇 곳 추려진다.

3. **여행 인원수 및 팀컬러** : 여행인원 중에 소아와 유아가 있다면 생

년월일을 알아두는 게 좋다. 출발일 기준으로 만 나이를 계산해서 만 12세 미만이 맞는지 정확히 파악해야 상품가나 루밍을 확인할 때 두 번 일하지 않는다. 그리고 팀컬러에 따라 추천 여행 지역이 달라진다.

4. **루밍(Rooming)** : 패키지든 자유여행이든 호텔은 기본적으로 성인 2인1실이 기준이다. 만약 손님의 인원 구성이 그 이상이라면 한 방에 투숙할 수 있는지 가능여부를 확인해야 한다. 가족끼리 떨어져서 자고 싶지 않기 때문에 보통 객실 중간에 문이 있어 한 방처럼 오갈 수 있는 커넥팅 룸(Connecting Room)을 요청하곤 한다. 하지만 커넥팅 룸은 사전에 확정할 수 없는 호텔이 대부분이기 때문에 체크인 당일에 호텔 상황에 따라 달라질 수 있다는 점을 안내해야한다.

5. **특이사항** : 특별히 원하는 항공사나 호텔 등급이 있는지, 정해진 예산이 있는지를 파악하고 추가적으로 요청하고 싶은 사항이 있는지 물어본다.

꼭 회사를 관두고 집을 팔아야만 세계 일주를 할 수 있을까?

많은 사람들이 회사를 관두고 세계 여행을 하는 꿈을 꾼다. 놀랍게도 실제로 그런 사람들이 많아졌다. 몇 년 전까지만 해도 세계 일주는 엄청 특이한 일이었는데 이제는 서점에서도 세계 일주를 했다는 사람들이 쓴 책을 많이 볼 수 있다.

하지만 현실적으로는 어려운 일이 아닐 수 없다. 그렇다면 나는 이런 질문을 하고 싶다. "굳이 회사를 관둬야만 세계 일주를 할 수 있을까?"

세계 일주라는 표현이 다소 거창하게 느껴지는데 한 번에 여행을 길게 가는 것도 세계 일주가 될 수 있고, 여러 번에 나눠서 시간이 날 때마다 다니는 것도 세계 일주가 될 수 있다.

'뭉쳐야 뜬다'라는 예능프로그램의 슬로건처럼 패키지로도 세계 일주가 가능할 수 있다.

내 손님 중에는 미국서부패키지와 미국동부&캐나다 패키지를 날짜에 맞게 연결해서 여행을 하고 반 년 뒤에 다시 서유럽패키지와 동유럽패키지를 연결해서 다녀온 분이 있다. 부부끼리 한 번 가는 김에 큰 대륙들을 장기적으로 다니는 것이다. 이 분들이야 말로 진짜 패키지로 세계 일주를 한 것이다.

방금 소개한 '패키지로 세계일주하는 부부 손님' 같은 수요도 적지 않기 때문에 한번 고객이 된 분들이 나를 계속 찾아오게끔 만드는 것이 중요하다. 그러기 위해서는 여러 지역에 대한 이해도가 높아야 하고 시기에 맞는 새로운 여행지를 제안하고 추천할 수 있어야 한다.

이번 장을 통해서 여행지 추천에 대한 기본적인 이해가 높아졌으면 좋겠다.

03

여행 목적별 여행지 추천의 기술

여행을 목적 없이 가는 사람은 많지 않다. "나는 관광을 하고 싶어.", "나는 휴양을 하고 싶어.", "나는 부모님 여행을 보내드리고 싶어.", "나는 가족여행을 가고 싶어." 다 나름의 이유와 목적이 있다. 물론 아무 생각 없이 "난 자유롭고 싶어!" 하고 떠나는 여행객도 분명 있으리라. 하지만 우리는 여행사 직원이기 때문에 나름의 목적별 추천여행지 리스트를 가지고 있다면 상담에 도움이 될 것이다.

허니문 BEST 5

대부분의 허니문 여행지는 휴양지이기 때문에 반나절 시내 관광을 한 뒤 나머지는 자유 시간을 보내거나 선택 관광을 한다. 허니문 패키지는 N박 이상 숙박 시 스냅사진을 무료로 제공하거나 침대 위에 꽃

우리의 일은 사람들을 행복하게 한다. in Hwaii

장식을 해주고, 웰컴 디저트를 주는 등의 서비스를 같이 제공한다.

허니문에서 가장 중요한 것은 호텔 컨디션이다. 허니문은 시즌별로 랜드사에서 요금표를 만들어서 보내오는데 여행사는 호텔 종류별로 항공과 지상비를 합쳐 총 상품가를 만든다.

01 | 하와이 Hawaii
비행시간 : 약 8시간 평균여행기간 : 6~8일 1인 예산 : 약 200~300만원
여행하기 좋은 시기 : 2~10월 비자 : ESTA 비자면제프로그램

'알로하, 하와이' 라는 단어가 주는 로맨틱함 때문일까? 하와이는 매년 어김없이 사랑받는 허니문 스테디셀러다. 아름다운 바다색과

독특한 문화, 1년 내 비오는 날이 손에 꼽힐 정도의 천혜의 자연환경과 날씨를 가진 덕분이다.

하와이는 미국의 50번째 주이고, 총 130여개의 섬으로 구성된 섬인데 '오하우(Oahu)섬'에 대부분의 주민이 살고 있다. 오하우 섬의 '호놀룰루(Honolulu)'는 하와이 주의 주도로 국제선 항공기가 오가는 '호놀룰루 국제공항'이 위치한 곳이기도 하다. 우리가 하와이를 가는 항공을 조회할 때 'HNL'이라는 3 LETTER CODE를 사용하는 이유를 눈치 챘기를 바란다.

이웃 섬으로는 마우이(Maui)섬, 카우아이(Kauai)섬, 빅아일랜드(Big Island), 이렇게 3곳이 유명한데 오하우 섬에서 비행기를 타고 이동해야한다. 손님의 요구에 따라 오하우 섬을 기준으로 이웃 섬을 포함해 일정을 구성할 수 있다. 4박6일 정도의 짧은 일정이라면 오하우 섬만 둘러봐도 부족하고, 6박8일 이상의 일정이라면 추천할 만하다.

하와이는 오래전부터 알려진 휴양지라서 리조트의 시설들도 오래된 곳들이 많다. 하지만 최근 리모델링을 하거나 새로운 신설 호텔들이 많이 생기고 있어 더욱 럭셔리한 여행이 가능해졌다. 단, 손님이 여행가는 시기에 주변에 공사를 하지는 않는지 미리 파악해 안내하는 것이 좋다.

하와이는 쇼핑하기도 좋고, 자유여행으로 렌트카를 대여해 여행하기도 좋다. 뚜껑(?)이 열리는 오픈 렌트카를 선호하는 신혼여행객들이 많지만 주차시설도 부족하고, 주차비도 비싼데다 주차를 할 때마다 주차직원에게 팁도 줘야하는 부담도 생겨 계산기를 두드리다 보면 생각보다 낭만적이지 않을 수 있다. 그럼에도 불구하고 멋진 렌트카를 하나 빌려 셀프로 스냅촬영을 하는 것이 인기다.

하와이 오하우 섬에서는 호놀룰루 해변을 중심으로 많은 숙소들이 줄지어 있는데 해변에서 멀어질수록 저렴하다. 어차피 시내 중심가에서 대부분의 숙소가 도보이동이 가능하기 때문에 전망이 크게 중요하지 않다면 뒤쪽의 가성비 있는 숙소를 추천해도 된다.

객실의 조망범위에 따라 금액이 다른데 바다를 정면으로 보는 '오션프론트(Ocean Front)', 바다를 부분적으로 보여주는 '파셜오션뷰(Partial Oceanview)' 등이 그 예다.

또 한 가지 중요한 것은 바로 리조트 피(Resort fee)다. 대표적으로 미국의 라스베가스가 리조트 피를 받는 것으로 유명한데 하와이 또한 체크인할 때 추가로 이 비용을 내야한다.

02 | 몰디브 Maldives
비행시간 : (경유)약 12시간 평균여행기간 : 6~8일 1인 예산 : 약 300~500만원
여행하기 좋은 시기 : 11~4월 비자 : 필요 없음

인도양 중북부에 위치한 섬나라로 1,100여개의 섬들로 구성되어 있는 휴양지다. 'One Island-One Resort', 섬 하나 당 하나의 리조트가 있는 럭셔리한 여행지라고 할 수 있다.

우리나라에서는 직항이 없기 때문에 경유로 몰디브 말레공항에 도착하게 되는데 말레공항에서 예약한 리조트가 있는 섬으로 또 이동을 해야 한다.

가까운 거리는 스피드보트를 이용하고, 수상비행기나 국내선비행기를 이용해야만 갈 수 있는 섬들도 있다. 심지어 국내선을 이용해서 경유를 한 뒤 버스로 선착장으로 이동해 선착장에서 또 스피드보트를 타야만 만날 수 있는 리조트도 있다.

몰디브의 룸타입은 크게 '워터빌라(Water villa)'와 '비치빌라(Beach villa)'로 나눠지는데 워터빌라는 수중 위의 객실, 비치빌라는 바다 앞에 있는 객실을 말한다. 한 리조트 안에서 다양한 객실을 경험해보고 싶다면 2박+2박 나눠서 숙박하는 것도 가능하다.

대신 새로운 리조트의 이동은 하지 않는 편이다. 위에서 말했듯 리조트를 이동하려면 섬을 이동해야하기 때문이다.

리조트 섬이라는 특징상 밤 문화를 즐기거나 볼거리, 쇼핑거리가 무수히 널린 다른 지역에 비해 다소 지루하게 느껴질 수도 있다. 하지만 여유를 즐기고 낭만적인 사진을 남기며 조용한 휴식을 취하기에는 이만한 낙원이 없다. '올인클루시브(All Inclusive)' 식사플랜을 이용하면 모든 식사와 주류까지 무제한으로 숙소에서 해결할 수 있다.

최상의 서비스를 제공하는 럭셔리리조트는 전담 버틀러가 1대1 케어를 해준다. 이런 경험은 손님들로 하여금 "대접받는 느낌이었다."라는 말이 나오게 한다.

03 | 멕시코 칸쿤 Cancun
비행시간 : (경유)약 17시간 평균여행기간 : 7~10일 1인 예산 : 약 200~300만원
여행하기 좋은 시기 : 12~4월 비자 : 필요 없음

카리브 해에 위치한 칸쿤까지 가는 길은 다양하다. 보통 미국의 라스베가스(Las Vegas)나 뉴욕(New York)을 경유해 미국을 여행한 뒤 칸쿤으로 이동한다.

다만 미국을 여행하려면 ESTA(비자면제프로그램)를 준비해야하고, 미국에 입국심사를 받아야한다. 여행하지 않고 경유만 하더라도 ESTA를 준비해야하는데 원치 않는다면 비자가 필요없는 멕시코시티(Mexico city) 를 경유하는 방법도 있다.

칸쿤은 호텔존(Hotel zone)이라고 불리는 숫자 7자 모양 지역에 유명 호텔들이 몰려있다. "칸쿤하면 올인클루시브!"라는 말이 생각날 정도로 올인클루시브 호텔들이 많다.

또 칸쿤하면 재미있는 옵션도 많은데 활동적인 커플이라면 호텔존에서 조금 떨어져있지만 옵션에 참여하기 좋은 '리비에라마야(Riviera Maya)' 지역을 추천한다.

호텔존 내에서 호텔을 옮기며 여러 곳에서 숙박할 수 있고 지역을 옮겨 숙박할 수도 있다. 호텔존 안에서 이동하는 것과 다른 지역으

로 이동하는 교통비가 다르기 때문에 호텔 이동이 있는 견적을 낼 때 유의해야 한다. 예산을 아끼기 위해 저렴한 호텔과 고급 리조트를 섞어서 가는 신혼여행객들도 많다.

04 | 모리셔스 Mauritius
비행시간 : (경유)약 18시간 평균여행기간 : 7~8일 1인 예산 : 약 250~350만원
여행하기 좋은 시기 : 10~4월 비자 : 필요 없음

모리셔스는 인도양에서 몰디브, 세이셸과 함께 휴양지로 유명한 섬나라다. 그래서 많은 여행객들이 몰디브와 모리셔스를 비교하며 고민한다. 몰디브처럼 모리셔스 또한 직항이 없어서 보통 두바이나 싱가포르를 경유한다. 두바이 경유시간동안 사막투어나 두바이당일 투어에 참여할 수 있다. 몰디브처럼 멋진 리조트들이 모리셔스에도 많은데 몰디브보다 볼거리와 체험거리가 많은 편이다.

아프리카 느낌을 물씬 느낄 수 있는 '카셀라파크(Casela Park)'에서는 사자를 직접 만져보는 체험도 할 수 있고, 식물원이나 시내구경, 오래전 화산폭발로 만들어진 신비로운 토양 '세븐컬러스어스(Seven Colored Earth)'도 볼 수 있다.

휴양과 관광을 접목해 새로운 아프리카 대륙의 느낌을 경험해보고 싶다면 모리셔스를 추천한다. 밤하늘에 쏟아질 것 같은 별들은 덤이다.

제주도보다 조금 더 넓은 면적을 가지고 있는데 숙소의 위치를 북

부, 동부, 남부, 서부로 나눠서 구분한다.

05 | 유럽 Europe

비행시간 : 약 12시간 평균여행기간 : 8~10일 1인 예산 : 약 200~350만원
여행하기 좋은 시기 : 3~6월 비자 : 필요 없음(쉥겐 협정 참고)

유럽은 나라 한 두 곳을 정하거나 가는 김에 3~4국가를 둘러보고 오는데 가장 인기 있는 지역은 이탈리아, 체코, 프랑스, 스위스, 스페인, 포르투갈이다. 도시이동이 많고 휴양지에 비해 역사나 관광지에 대한 설명이 필요한 곳이 많아서 가이드가 포함되어있는 완전 패키지를 선택하거나 자유 일정이 섞인 세미패키지를 이용하는 편이다.

유럽은 관광이나 쇼핑거리가 많아 활동적인 신혼여행객에게 추천한다. 특히 영화처럼 멋진 사진을 건질 수 있는데 휴양지에서의 스냅사진은 바다를 배경으로 찍기 때문에 대부분 비슷하게 느껴지지만 유럽 거리 곳곳에서 찍는 사진은 제2의 웨딩화보가 된다.

허니문으로 유명한 휴양도시들을 '환상적이다.' 라는 평가를 한다면 유럽은 '낭만적이다.' 라는 평가를 하고 싶다.

한 가지 아쉬운 점이 있다면 휴양지처럼 아름다운 호텔이 많지 않다. 동남아처럼 적은 돈으로도 멋진 호텔을 예약할 수 있다면 좋지만 유럽은 가격에 비해 호텔 컨디션이 좋지 않은 편이다. 특히 스위스 물가가 비싼 편이라서 스위스 숙박이 많아질수록 상품가격이 올라간다.

이상 신혼여행지로 인기가 좋은 5곳을 추천해보았는데 추가 비용이 들더라도 더욱 고급스러운 휴양을 즐기고 싶다면 세이셸(Seychelles)이나 타히티(Tahiti)도 좋다. 1인 평균 예산 약 350~500만 원을 생각해야하는데 비교적 한국인이 없는 지역이고 덜 알려져 럭셔리한 휴양이 가능하다.

최근 순위에서 밀려 BEST5에서는 제외했지만 피지(Fiji)도 휴양지로 신혼여행객들에게 인기가 많다. 마지막으로 멕시코 로스카보스(Los Cabos)도 추천한다. 칸쿤보다 덜 알려져 있고 다채로운 관광거리가 많은 곳이다.

비오는 날, 베트남 분위기를 물씬 느낄 수 있는 CONG 카페에서 in Da Nang

4~5일 정도의 짧은 일정과 비교적 가벼운 예산을 원한다면 태국 푸켓, 코사무이, 끄라비, 후아힌, 카오락 등 동남아를 추천한다. 비행시간도 6시간 안 밖이면 도착할 수 있고, 4박6일 일정에 약 150~250만원 사이의 예산으로 여행할 수 있다는 것이 가장 큰 장점이다. 동남아답게 마사지나 쇼핑을 저렴한 금액에 즐길 수 있어서 좋고, 장거리 못지않게 훌륭한 럭셔리 리조트나 풀빌라도 즐비해 만족도면에서 뒤지지 않는다.

나홀로 여행 BEST 5

가끔 초록 창에서 이런 연관검색어를 본다. '여자 혼자 여행하기 좋은 곳', '남자 혼자 여행하기 좋은 곳', '혼여'. 이렇게 혼자 여행을 하는 사람들의 수가 날이 갈수록 증가하고 있다. 그렇다면 이 '혼자 여행하기 좋은 곳' 이라고 검색하는 사람들은 어떤 점을 고려해서 여행지를 정하고자 하는 것일까? 바로 치안도 좋고 대중교통으로 여행하기 좋으며, 먹거리와 볼거리가 많은 곳을 찾고자 하는 것이다. 혼자 사색을 즐기기 좋은 야경도 빼놓을 수 없는 요소다.

01 | 싱가포르 Singapore
비행시간 : 약 6시간 40분 평균여행기간 : 약 5~6일 1인 예산 : 약 70~80만원
여행하기 좋은 시기 : 5~9월 비자 : 필요 없음

싱가포르는 생각보다 가깝지 않고, 생각보다 물가가 저렴하지도

않다. 하지만 알려진 대로 볼거리와 놀거리가 많고, 깔끔한 거리와 친절한 사람들, 높은 치안 상태, 영어로 가능한 의사소통, 편리한 대중교통 등의 이유로 인기가 많다.

거리 곳곳에 유명 맛집이 있고 조금만 이동하면 대부분의 관광지들이 한 곳에 몰려있다. 밤 문화도 발달되어 있어 한적한 강변 바에 앉아 불꽃놀이나 레이져 쇼를 감상하는 것도 싱가포르에서 빼놓지 않고 할 일중에 하나다.

싱가포르하면 떠오르는 가장 유명한 랜드마크인 '마리나베이샌즈(Marina Bay Sands)' 호텔은 1박에 4~50만원이나 할 정도로 비싼 금액을 자랑한다. 이 호텔에서 숙박을 해야만 갈 수 있는 꼭대기 층 수영장 때문에 이 곳을 선택한다고 해도 과언이 아니다. 발을 잘못 헛디디면 건물 밖으로 떨어져버릴 것 같은 아찔한 수영장은 실제로 가보면 안전하게 되어있어 재미있는 사진을 찍기 좋은 포토존이다.

이 호텔은 물가 비싼 싱가포르에서도 비싼 편에 속하기 때문에 혼자 가는 여행객들끼리 방만 반값 씩 내고 동숙하는 경우도 많다. 싱가포르 네이버 카페에 들어가 보면 마리나베이샌즈 동숙을 희망하는 글을 찾기 쉽다. 그만큼 혼자 가는 여행객들이 많은 곳이 바로 싱가포르다.

이런 비싼 호텔 말고도 시내에 저렴한 호텔들도 많고 혼자 온 여행객들을 위한 호스텔도 많다. 호스텔에서는 한 방에 2층 침대가 여러

개 들어가 있어서 다양한 국적의 사람들을 만나기 좋은데 침대마다 커튼이나 문으로 공간분리가 되어 있어 나름 프라이빗한 잠자리가 된다.

02 | 대만 Taiwan

비행시간 : 약 2시간 50분 평균여행기간 : 약 3~4일 1인 예산 : 약 40~50만원
여행하기 좋은 시기 : 11~4월 비자 : 필요 없음

대만은 참 비가 많이 온다. 옆 나라 일본처럼 대만도 대륙으로부터 떨어진 섬이어서 자연재해로부터 자유롭지는 못한 편이다. 그래서 태풍이나 지진 등의 피해가 종종 발생하는데 한번은 내가 예약해드린 손님 중에 태풍으로 인한 결항으로 대만여행계획이 무산된 적도 있었다. 하지만 날씨만 따라준다면, 가성비 좋은 호텔과 3시간이면 닿는 가까운 거리, 다양한 먹거리와 저렴한 물가, 연차 쓰지 않고 떠나기도 좋은 일정으로 혼자여행하기 참 좋은 여행지다.

대만 현지인들은 평소 외식을 하는 문화가 많아서 야시장이 발달했고, 덕분에 여행객들도 다양한 종류의 음식을 저렴한 금액으로 맛볼 수 있게 되었다.

대만은 세로로 길게 뻗어있는 모양을 하고 있는데 가장 중심이 되는 타이페이, 중부의 타이중, 남부의 항구도시 가오슝이 가장 유명한 대표도시들이다.

〈말할 수 없는 비밀〉이나 〈그 시절 우리가 좋아했던 소녀〉 같이 잔

잔하게 마음을 설레게 하는 대만 영화의 배경을 찾아 떠나는 여행도 좋다.

대만은 노을과 야경도 아름다운 곳이어서 조용한 카페나 강가에 앉아 삼각대를 놓고 사진 찍는 것도 참 재미있다. 습한 날씨와 겨울 방학 시즌을 피한 3~4월이 비교적 항공 값도 저렴하고 여행하기 좋은 시기다. 굳이 호스텔에 묵지 않아도 혼자 사용하기에 부담 없는 금액대의 호텔들이 많다.

03 | 쿠알라룸푸르 Kuala Lumpur
비행시간 : 약 6시간 40분 **평균여행기간** : 약 5~6일 **1인 예산** : 약 60~70만원
여행하기 좋은 시기 : 1~2월, 5~6월 **비자** : 필요 없음

말레이시아의 쿠알라룸푸르는 참 '동남아스럽다.' 습한 날씨와 함께 대표적인 관광지인 바투동굴이나 야시장을 보면 '이 곳이 바로 동남아!' 라고 느끼게 한다.

하지만 시내 한복판에 우뚝 서있는 페트로나스 트윈타워(Petronas Twin Towers), 영국 식민지 시절 지어졌던 유럽풍의 건물들, 곳곳에 위치한 깔끔한 쇼핑몰들을 보면 여러 가지 모습을 동시에 가지고 있는 쿠알라룸푸르의 매력에 푹 빠지게 된다.

국립모스크에 방문해서 히잡 체험을 해보거나 당일투어를 참여해서 근교 도시이자 역사의 도시인 말라카(Malacca)에 방문해보고, 반딧불이 투어를 다녀오는 것도 좋다.

잘란알로(Jalan Alor)야시장에서 저렴하게 저녁식사를 해결하고 걷다보면 마사지거리를 자연스럽게 만나게 되는데 가볍게 발마사지를 한번 받고 숙소로 들어가면 하루의 피로가 다 풀린다. 정말 저렴한 금액부터 꽤 고급스러운 마사지까지 방콕처럼 거리에서 호객행위를 하니 마음에 드는 곳으로 들어가면 된다. 발마사지는 30분에 1만원도 안 되는 금액으로 받을 수 있다. 교통도 편리해서 혼자여행하기 좋은데 밤에는 어두운 골목이 많아 조심해야한다.

04 | 홍콩 Hong Kong
비행시간 : 약 4시간 평균여행기간 : 약 3~4일 1인 예산 : 약 70~80만원
여행하기 좋은 시기 : 11월~6월 비자 : 필요 없음

새벽 7시부터 밤 11시까지 인천에서 홍콩으로 가는 비행기는 수도 없이 많다. 그만큼 수요가 많다는 뜻이다. 대형항공사부터 저가항공사까지 대부분의 국적사가 홍콩을 취항한다. 홍콩에는 밀크티, 에그타르트, 육포, 허유산, 제니쿠키 같은 간식거리가 많고 딤섬이나 우육면처럼 한국인 입맛에도 맞는 음식이 많다.

침사추이에서 매일 밤 8시에 펼쳐지는 세계 최대 규모의 레이져쇼 '심포니오브라이트(A Symphony of Lights)'도 즐기고, 쇼가 끝난 뒤에도 버스킹 하는 사람들을 구경하는 재미가 쏠쏠하다. 미드레벨 에스컬레이터, 소호거리 등 홍콩을 대표하는 거리를 걸어 다니며 이색적인 가게들도 구경하고 예쁜 배경의 사진도 남기기 좋다.

홍콩 시내를 다 돌아봤다면 마카오로 이동해서 당일치기 여행을 하거나 1박을 하고 오는 것도 좋다. 마카오에서는 곤돌라나 카지노 체험을 할 수 있고, 이 곳 또한 홍콩처럼 혼자 도보여행하기 좋다.

05 | 유럽 Europe
비행시간 : 약 12시간 평균여행기간 : 약 2주 한 달 1인 예산 : 약 200~500만원
여행하기 좋은 시기 : 3월~6월 비자 : 필요 없음(쉥겐 협정 참고)

유럽은 우리나라와 문화도 다르고, 도시이동이 많은 만큼 조금의 용기가 필요한 여행지다. 한 번 여행을 가면 2주에서 한 달간 여러 나라를 돌아다니는 경우가 많은데 나는 처음 유럽을 가는 여행객에게는 서유럽을 추천한다. 서유럽의 대표적인 나라는 영국, 프랑스, 스위스, 이태리가 있는데 여행기간과 성향에 따라 독일, 체코, 스페인, 오스트리아 같은 근교 나라들을 붙여서 여행하면 된다. 유럽을 하나의 나라로 보고 마음에 드는 도시들을 고르는 것이 좋다.

유럽 대륙 내에서는 한 나라처럼 국경 없이 자유로운 이동이 가능하기 때문에 대부분 기차나 버스로 쉽게 이동한다. 배낭여행객들은 보통 유레일패스(Eurail Pass)라는 기차권을 구매해서 여행하는데 기차를 타기 전 미리 패스에 사용기록을 남겨야 벌금을 물지 않는다. 유럽은 특히 여행객에 대한 교통권 검수가 철저하고 벌금도 큰 편이라 꼭 규율을 지켜야한다.

유럽에는 세계적인 문화유산이 많아서 박물관이나 미술관의 종류

도 다양한데 하루나 반나절만 시간을 내서 현지투어를 이용해 가이드의 설명을 듣는 것을 추천한다.

　각 지역별로 한인민박도 많아져서 혼자 온 여행객들이 정보공유차 일부러 한인민박에 하루씩 숙박하곤 한다.

　유럽 자유여행 문의가 오면 여행할 도시를 정한 뒤 항공 인,아웃 도시를 고려해 항공사를 선택한다. 그 다음 도시별 숙박 일수를 정하고 호텔을 예약하는데 유럽은 포장되어 있지 않은 울퉁불퉁한 인

엄마, 아빠에게 낭만을 in Guam

도가 많아서 되도록 역에서 가까운 호텔로 예약해주면 좋다. 그 다음 도시별 이동 수단을 예약한다. 이 때 도시별 이동이 많다면 구간권을 끊는 것과 유레일패스를 끊는 것 중 어떤 것이 더 비용 면에서 효율적인지 판단해서 예약한다.

항공과 호텔, 이동수단까지 예약을 마쳤다면 중간 중간 현지투어를 제안해서 예약해주고 보험까지 가입하면 끝이다.

효도여행 BEST 5

'효도여행'이라는 단어가 다른 나라에도 있는지 모르겠다. 칠순이나 팔순잔치에 음식점 하나를 빌려 식사하는 것 대신에 여행을 보내드리는 것이 시작이었을까?

부모님을 보내드리기 위해 여행을 알아보고 있다는 손님의 문의를 받으면 대부분 원하는 내용은 비슷하다. "부모님이 연세가 많으셔서 비행시간이 짧고 많이 걷지 않는 여행지가 좋겠어요. 그런데 또 휴양지는 안 좋아하시니까 볼거리가 많은 곳이면 좋겠어요."

예전에는 "연세가 많으신 분들이니까 휴양지를 좋아하지 않을까?"라는 생각을 했다면 이제는 안다. 한국에서도 충분히 쉬는데 여행까지 가서 쉴 거면 뭐 하러 돈을 쓰냐며 볼거리가 많고 자연경관이 멋있는 곳을 원하는 어른들이 많다는 것을 말이다.

비행시간 : 약 2~3시간 평균여행기간 : 약 3~4일 1인 예산 : 약 60~100만원
여행하기 좋은 시기 : 연중 음식 : GOOD

일본은 자연, 먹거리, 볼거리, 휴양, 쇼핑 등 세상에 여행에 관한 모든 키워드들을 비쳐 봐도 어색하지 않다. 그 중 단연 1등으로 일본을 찾게 하는 매력은 온천이 아닐까 싶다.

일본은 전국적으로 다양한 성분으로 구성된 3천여 개의 온천이 있고, 온천을 즐기기에 가장 적합한 숙소형태인 '료칸(旅館)' 또한 그 자체만으로 충분한 존재감을 가지고 있다.

료칸에서 온천도 즐기고 일본식 정식인 가이세키(会席料理)를 먹는 재미도 쏠쏠하다. 료칸은 일반 호텔보다는 비싼 편이라서 금액이 부담되는 손님들에게는 대욕장을 보유하고 있는 '온천호텔'을 추천해도 좋다.

전국적으로 분포된 온천도시 중 온천의 성지라고해도 과언이 아닌 규슈지역이 가장 유명하다. 그 중에서도 오이타 현의 유후인(由布院), 벳부(別府)는 이미 패키지에서도 많은 사랑을 받아온 온천마을이다. 안다녀온 사람을 찾는 게 더 쉬울 정도로 많은 이들이 다녀온 곳이기에 이제는 그 주변 규슈지역인 나가사키(長崎県), 가고시마(鹿児島県), 사가(佐賀)도 집중해볼 만하다.

패키지여행으로 예약한다면 신경 쓸 필요가 없지만 자유여행으로

료칸을 예약한다면 2인1실이 아닌 1인당 요금으로 계산된다는 것을 알아야 한다. 보통 호텔들이 객실 1개의 요금으로 계산을 한다면 료칸은 조식과 석식, 하루 2식이 제공되는 곳이 많기 때문에 인당 요금으로 계산을 한다.

02 | 중국 구채구 CHINA
비행시간 : 약 4시간 평균여행기간 : 약 5~6일 1인 예산 : 약 70~130만원
여행하기 좋은 시기 : 9~11월 음식 : 호불호가 있음

중국에는 장자제(張家界), 백두산(白頭山), 서안(西安), 곤명(昆明) 등 훌륭한 효도관광지가 많다. 시차도 적고 거리도 가까운 중국은 물리적 거리와 피로감 대비 천혜의 자연경관을 보여주는 것으로 유명하다. 그 중에서도 '중국 안의 천국', '동화 속 풍경' 이라는 수식어를 가진 구채구(九寨溝)는 투명하고 오묘한 색의 물 하나로 유네스코 자연유산에 등재된 곳이다.

"황산을 보고 나면 다른 산을 보지 않고, 구채구의 물을 보고 나면 다른 물은 보지 않는다."는 말이 있을 정도로 구채구는 신이 주신 자연풍경이다.

비록 가는 길이 오래 걸리고 해발이 높아 고산증에 걸릴 수 있지만 그 부담을 이겨내고 나면 모든 피로가 사라질 정도로 신비로운 풍경을 볼 수 있다.

중국인들에게도 꼭 가보고 싶은 여행지로 꼽히는 곳인데 최근 지

진으로 인해 많은 피해를 입어 하루 방문객수를 제한한다. 꼭 유럽이나 남미를 가야만 멋진 풍경을 볼 수 있다는 생각을 한숨에 접어버리게 하는 풍경이기에 효도여행으로 추천하기에 좋다.

03 | 호주 & 뉴질랜드 AUSTRALIA & NEW ZEALAND
비행시간 : 약 8~11시간 평균여행기간 : 약 6~10일 1인 예산 : 약 140~180만원
여행하기 좋은 시기 : 12~3월(한국의 겨울=호주의 여름) 음식 : 서양음식

나는 호주에 여행가기를 고민하는 사람에게 이렇게 말한다. "호주는 육, 해, 공을 다 즐길 수 있는 나라다. 스카이다이빙, 서핑, 스쿠버다이빙, 하이킹, 사막 샌드보딩, 캠핑, 크루즈여행 같은 다양한 활동을 즐길 수 있음은 물론, 웅장한 자연 환경과 세계적인 건축물, 전 세계인들이 몰려드는 축제들까지 정말 다채로운 매력이 있는 곳이다. 아직 가보지 않았다면 무조건 죽기 전에 가 볼 리스트에 넣어라."

자칫 오버하는 것처럼 보일 수도 있지만 1년 동안 호주에서 살다보니 알게 된 호주의 매력을 나만 알고 있기에는 너무 멋져서, 마치 전도사가 된 것처럼 지인들에게 말하고 다닐 정도였다. 미국과 유럽, 아시아, 모든 대륙의 분위기를 이렇게 한 곳에서 느낄 수 있는 곳이 또 어디에 있을까? 우리나라의 약 80배 가까이 되는 압도적인 크기를 자랑하는 나라이기 때문에 도시별로 포인트를 잘 골라야한다.

시드니는 동부해안의 유명한 드라이브 코스인 본다이비치(Bondi Beach), 갭팍(Gap Park), 왓슨스베이(Watsons Bay)가 주요 볼거리이고,

랜드마크인 오페라하우스와 로맨틱한 달링하버는 기본 제공이다. 근교 도시로는 브리즈번(Brisbane)과 골드코스트(GoldCoast)가 있는데 '서퍼스 파라다이스(Surfers Paradise)'라는 별칭이 있을 정도로 서퍼들에게 유명한 해변이 있다.

멜버른(Melbourne)과 케언스(Cairns)도 빼놓을 수 없다. 멜버른은 내가 마치 유럽에 와있는 것 같은 착각에 빠지게 만드는 유럽풍의 건물들이 인상적이다.

인공위성에서도 보이는 무언가가 호주에 있다면 무얼 떠올릴 것인가? 그건 바로 케언스의 '그레이트베리어리프(Great Barrier Reef)'다. 이곳은 세계 최대의 산호초 지대로 400여종의 산호초와 다양한 어종, 연체동물들이 살고 있는 말 그대로 자연 해양 박물관이다.

바다를 즐기지 않는 사람이라도 케언스는 충분히 매력 있는 도시다. 쿠란다(Kuranda) 민속마을에서 아기자기한 동네 구경도 해보고, 인공으로 만들어 놓은 에스플레네이드 라군(Esplanade lagoon)에서 가벼운 옷을 입고 해수욕을 즐겨도 좋다.

한국에서는 비싼 소고기도 이곳에서는 저렴한 값에 먹을 수 있으니 호주 특산와인과 함께 스테이크를 즐기는 것도 좋다.

여기까지만 들으면 부모님 여행 보내드리는데 활동적인 것은 필요 없다고 생각할 수 있는데 이 외에도 멋있는 자연 경관을 가진 곳이니 걱정할 필요는 없다.

호주와 더불어 가까운 뉴질랜드를 묶어서 여행하는 것도 좋은 방법이다. 물론 호주와 뉴질랜드를 같이 여행하려면 적어도 2주 이상은 생각해야한다.

뉴질랜드는 반지의 제왕의 촬영지로 우리나라에 많이 알려졌다. 실제로 뉴질랜드의 자연을 보고나면 처음에는 입을 다물지 못하게 될 것을 장담한다. 영롱한 호수의 색에 넋 놓고 1~2시간을 바라보고 있어도 전혀 이상할 게 없는 곳이기 때문이다.

런치크루즈 안에서 창문 밖으로 아무렇게나 널 부러져있는 바위 위의 물개들을 보고 헛웃음이 나오기도 하고, 냉동이 아닌 생 연어 회를 마음껏 먹을 수도 있다.

사실 호주나 우리나라에 비하면 뉴질랜드는 시골에 가까운 다소 심심한 분위기지만 이런 느낌이 자연에 좀 더 집중할 수 있게 해주는 것 같다. 자연 본연의 존재감을 드러내는 뉴질랜드와 다채로운 매력을 가진 호주는 효도여행으로 손색이 없는 여행지가 될 것이다.

04 | 스위스 SWISS

비행시간 : 약 11~12시간 평균여행기간 : 약 7일 1인 예산 : 약 250~350만원
여행하기 좋은 시기 : 6~9월 음식 : 서양음식

신이 손수 빚어 만든 곳이 있다면 바로 이곳일까? 스위스하면 떠오르는 것은 명품시계와 퐁듀, 치즈, 초콜릿 그리고 알프스가 있다. 한창 우리나라에 제일 먼저 알려진 알프스는 인터라켄(Interlake)에

서 산악열차를 타고 등정할 수 있는 '융프라우요흐(Jungfraujoch)'다.

이곳은 유럽에서 가장 높은 열차 역으로 여행객들에게는 산악열차를 탑승하는 것 자체가 여행이다. 등정 후 정상에서 먹는 컵라면도 끝내주는 여행의 묘미다.

최근에는 융프라우요흐 외에 산의 여왕이라 불리는 '리기(Rigi)', 청정 산악마을 체르마트(Zermatt)의 '마테호른(Matterhorn)'도 인기를 얻고 있다.

물가가 비싸기 때문에 대부분의 서유럽 패키지에서 스위스는 하루, 이틀만 체류 하거나 아예 숙박 없이 한나절만 구경한 뒤 다음 나라로 넘어가는 경우가 많다. 조금 비싸기는 해도 스위스만 보는 1개국 집중관광으로 상품을 예약하거나 스위스 숙박 일정이 어느 정도 보장된 상품을 예약하는 것을 추천한다.

05 | 태국 칸차나부리 THAILAND KANCHANABURI
비행시간 : 약 5시간 30분 평균여행기간 : 약 5일 1인 예산 : 약 80~90만원
여행하기 좋은 시기 : 11~2월 음식 : GOOD

태국의 수도 방콕의 근교 도시이자, 방콕에서 가장 가까운 정글휴양지인 칸차나부리(Kanchanaburi). 이곳은 내가 직접 여행상품을 개발하러 다녀온 곳이기도 하다.

제 2차 세계대전 당시 아픈 기억이 있는 '죽음의 철도'와 '콰이강의 다리'로도 유명한 곳이다. 이제는 많은 관광객들의 여행지가 된

이 콰이강에서 뗏목 트레킹을 하며 수영을 즐길 수도 있고, 선상넝패를 통째로 빌려 환상적인 선상 디너를 즐길 수도 있다.

칸차나부리하면 애매랄드 빛의 자연수영장과 가벼운 밀림트래킹, 노천탕 또한 빼놓을 수 없는 핵심 포인트다. 총 7단계에 걸쳐서 쏟아져 내려오는 에라완국립공원(Erawan National Park)의 폭포는 석회암과 못에 퇴적된 탄산칼슘 성분 덕분에 선녀가 나올 법한 분위기의 빛깔을 자랑한다.

도시의 빛이 차단된 숙소에서 쏟아지는 은하수를 관광할 수도 있다. 방콕에서의 도시여행은 물론 칸차나부리에서의 사치스러운 휴양은 효도관광으로 더할 나위 없이 추천하고 싶은 곳이다.

물론 많이 알려지지 않은 곳이기 때문에 생소할 수는 있지만 남들이 알기 전에 내가 먼저 다녀와서 자랑할 만한 여행지가 될 것이다. 방콕에서 칸차나부리를 개별적으로 이동하기에는 불편함이 있어서 패키지여행으로 예약을 유도할 수 있다.

아이들과 함께하는 가족여행 BEST 5

아이들과의 여행을 추천할 때는 아이들의 나이가 중요하다. 영유아와 함께라면 비행시간과 시차를 고려해야 하고 청소년과 함께라면 교육 목적의 여행인지, 아이들이 놀기 좋은 장소를 찾는 것이 목적인지를 파악하고 추천하면 된다.

아이들과 함께하는 여행에는 아이들이 가장 중요하다. photo by 진실

01 | 괌 GUAM
비행시간 : 약 4시간 20분 시차 : +1시간 1인 예산 : 약 70~90만원
여행하기 좋은 시기 : 12~6월

괌은 한국에서 가장 가까운 미국령 섬이다. 미국이라면 비자가 필요한지 궁금할 수 있는데 괌과 사이판은 미국령임에도 불구하고 무비자로 입국이 가능하다.

감히 말하기를 괌은 우리나라에서 5시간 이내면 만날 수 있는 여행지 중에 바다색이 예쁜 것으로 TOP5 안에 들 것이다. 괌은 제주도의 3분의 1 정도 크기로 작은 면적을 가지고 있는 섬이지만 한국인들의 재방문율이 높다. 특히 태교여행으로 예비 부모들에게 인기가 좋다. 태교여행 뿐 아니라 청소년 아이들을 둔 부모들도 이곳을 찾는데 대형워터파크시설을 갖춘 'PIC(Pacific Islands Club)'가 인기다.

괌은 꽤 오래전부터 휴양지로서 각광을 받아왔기 때문에 객실컨디션은 동남아의 럭셔리 리조트들과는 차이가 있다. 만약 모던한 느낌의 객실을 원한다면 최근 리노베이션을 하거나 새롭게 지은 호텔들을 추천하면 된다.

동남아는 아니지만 괌도 우기가 있다. 비록 스콜성이라고 해도 이 시기를 피해 여행가기를 추천한다. 꽤나 많은 비가 괌의 아름다운 바다와 하늘을 못 보게 방해한다.

02 | 전 세계 놀이동산아, 모여라! Theme Park

■ 유니버셜 스튜디오 Universal Studio

오사카, 싱가포르, 올란도에 위치한 유니버셜 스튜디오는 미국 유명영화들을 주제로 구성한 대형 테마파크다. 한국인들이 많이 찾는 곳은 단연 가까운 오사카와 싱가포르.

3개월 내의 날짜만 예약이 가능하고 시즌에 따라 금액은 상이하나 보통 10만 원 정도에 구매할 수 있다. 입장권과는 별개로 빠른 탑승이 가능한 익스프레스패스를 별도 구매하면 한여름 철에는 땡볕더

위를 피할 수 있어서 좋다.

2021년에는 아시아에서 3번째로 중국 베이징에 유니버셜 스튜디오가 오픈할 예정이다. 유니버셜 스튜디오는 영유아 아이들 보다는 어느 정도 성장한 초등학교 고학년부터 추천한다.

■ 디즈니랜드 Disneyland

만화영화로 우리에게 알려진 월트 디즈니가 세운 대형 테마파크인 디즈니랜드는 아이들은 물론 어른들까지 매료되게 만든다. 디즈니랜드 안에서는 아이들의 동심을 지켜주기 위해 모든 캐릭터들이 그 컨셉을 유지하기 위해 노력한다.

미국 캘리포니아에 가장 먼저 생긴 디즈니랜드는 현재 일본 도쿄, 중국 상해, 홍콩, 프랑스 파리 등에도 위치해 있다. 디즈니의 밤을 만끽할 포인트로 불꽃놀이와 퍼레이드가 있는데 시작 전부터 사람들이 몰릴 수 있기 때문에 미리 자리를 잡는 것이 좋다. 다양한 디즈니 컨셉으로 꾸며진 테마 호텔에서 숙박을 할 수도 있고 저학년이 아닌 고등학생이나 대학생 이상 된 자녀들과도 즐겁게 시간을 보낼 수 있다.

■ 레고랜드 Legoland

덴마크, 독일, 두바이, 미국, 일본, 말레이시아 등 전 세계에 위치한 레고 랜드는 덴마크 브랜드 '레고(Lego)'를 이용한 테마파크다. 아이들의 상상력을 자극하는 다양한 놀이 프로그램을 제공해서 영유아들과 함께하기 좋은 테마파크이다. 레고의 특수성 덕분에 아이들이 꼭 놀이기구를 타지 않아도 만지고 보며 즐길 수 있는 거리들이 많다.

유니버셜 스튜디오나 디즈니랜드에 비해 저렴한 금액으로 입장권을 구매할 수 있지만 스릴이 넘치는 놀이기구를 기대한다면 다소 아쉬울 수 있다.

가까운 일본의 나고야, 말레이시아의 조호바루를 추천하는데 나고야는 직항으로 2시간 이내면 갈 수 있어 접근성이 좋고, 조호바루는 싱가포르와 함께 묶어서 여행할 수 있어 두 나라 여행이 가능하다는 장점이 있다.

자, 여기까지 전 세계의 유명 놀이테마파크를 살펴보았다. 어느 지역이든 해당 국가의 휴일이나 아이들의 방학 시즌 등을 고려해 방문날짜를 정하면 좋은데 특히 주말에는 여행객뿐 아니라 현지 국내 여행객 또한 몰릴 수 있으니 되도록 평일에 방문하면 좋다.

패키지로 여행하는 손님에게는 세미패키지로 예약을 해서 하루 정도는 테마파크를 다녀올 수 있게 제안을 해도 좋다.

03 | 미서부 AMERICA
비행시간 : 약 11시간 20분 시차 : -16시간 1인 예산 : 약 2~300만원
여행하기 좋은 시기 : 9~11월, 3~5월

아이들에게 좀 더 넓은 세상과 광활한 자연을 보여주고 싶다면 미서부 여행을 추천한다. 영유아들에게는 힘들 수 있는 장거리 여행이기에 초등학교 고학년 이상의 아이들이 있는 가족에게 추천한다. 일반적으로 미서부와 미동부를 같이 여행하는 것은 시간, 날씨, 이동 등 여러 가지 이유로 추천하지 않기 때문에 그랜드캐니언(Grand Canyon)을 갈 수 있는 라스베가스, LA, 샌프란시스코 등 미서부 대표 도시들을 먼저 여행하는 것을 추천한다.

미서부의 주요도시들은 국적기가 직항으로 취항하기 때문에 경유에 대한 부담 없이 떠날 수 있다. 나는 미국을 여행하는 가장 좋은 방법인 캠핑카여행을 추천하고 싶다.

일반 패키지보다는 당연히 비용이 부담될 수 있지만 내 손님 중에는 캠핑카 여행을 가이드 없이 직접 운전해서 가는 사람들도 많다. 가족들끼리 이만한 추억이 또 있을까?

04 | 다낭 DA NANG
비행시간 : 약 4시간 30분 시차 : -2시간 1인 예산 : 약 60~80만원
여행하기 좋은 시기 : 3~6월

큰 테마파크를 즐기기 어려운 어린 아이들과의 여행이라면 키즈

풀(Kids Pool)이 잘되어 있는 풀빌라로 호캉스를 추천하면 어떨까.

다낭은 비행시간도 짧고 비교적 저렴하게 즐길 수 있는 풀빌라가 많아서 가족여행으로 각광을 받고 있는 곳이다. 다낭 근교 여행지인 호이안과 후에는 휴양뿐 아니라 관광을 즐기기도 좋다. 자유여행이라도 하루 정도는 현지투어에 참여해 근교도시로의 이동 편도 해결하고 역사적 유물에 대한 전문가이드의 설명을 들어보는 것이 좋다.

아이들과 여행하는 엄마들은 저렴한 금액으로 베이비시터를 고용할 수 있어서 만족도가 높다. 조금 큰 아이들과 함께라면 바나힐 국립공원에 가서 놀이기구를 탈 수도 있다.

05 | 서유럽 EUROPE

비행시간 : 약 12시간 시차 : -7~8시간 1인 예산 : 약 150~250만원
여행하기 좋은 시기 : 3~6월

세계 3대 박물관인 루브르박물관, 대영박물관, 바티칸박물관이 서유럽에 몰려있어서 아이들에게 교육적으로 도움이 많이 된다. 박물관 내부가 워낙 방대하기 때문에 오디오 가이드를 통해 설명을 듣는 방법도 있으나 이왕이면 생생한 가이드투어를 참여하면 좋다.

영국 런던에서는 세계적인 뮤지컬을 관람해볼 수 있고, 각종 문화의 집합지인 프랑스에서는 유럽분위기의 정수를 느낄 수 있다. 스위스에서는 알프스를 만끽할 수 있고 이태리에서는 엄청난 문화유산을 통한 역사기행을 해볼 수 있다.

만약 너무 어린 아이가 아니라 본인의 생각과 가치관을 만들어가는 시기의 아이들과의 여행을 기획한다면 꼭 추천하고픈 여행코스다. 다만 아이들의 방학기간인 7, 8월과 11~1월은 다소 금액이 비싸다. 유럽은 걸어 다니면서 구경하는 일정이 많은 만큼 체력관리가 중요하다.

유럽은 역사와 자연을 다 가졌다. in Nice

겨울 골프여행 추천지역 BEST 5

해외골프여행은 겨울철 한파로 야외 골프를 치기 어려운 우리나라를 벗어나 따뜻한 나라로 떠나면서 생기게 되었는데 항상 여름철 날씨를 자랑하는 동남아 쪽이 인기가 많다.

아래 소개하는 지역 외에 연중 온화한 기후를 자랑하는 하와이, 사이판, 괌도 추천할 수 있다.

골프투어는 항공권, 호텔 또는 골프텔, 공항~숙소 송영, 숙소~골프장 송영, 골프장 그린피, 캐디피, 전동카트비, 캐디팁, 식사, 관광일정(지역별 상이), 여행자보험으로 구성한다. 지역에 따라 캐디팁과 전동카트비는 현지 지불하고, 식사도 조식 외 중, 석식은 현지에서 직접 사먹는 경우도 많다.

골프는 기본 4명을 기준으로 하지만 2인 라운딩이 가능한 지역과 골프장이 있으니 손님이 문의하면 확인해보면 된다.

도시에 따라 4인1캐디, 2인1캐디, 1인1캐디 등으로 나뉘며 아예 캐디가 없는 곳도 있다. 캐디가 없는 곳은 손님이 직접 전동카를 운전하며 운동한다.

01 | 대만 TAIWAN
비행시간 : 약 3시간 시차 : -1시간 추천도시 : 가오슝, 타이중, 타이베이

대만은 겨울철에도 따뜻한 날씨를 가지고 있으면서 타 동남아 지역 대비 비행 소요시간이 짧아 많은 골퍼들이 찾는 지역이다.

타이베이에 비해 비교적 날씨의 변덕이 덜한 곳이 타이중, 가오슝이다. 특히 가오슝은 대만 남부에 위치해있는데 연중 온화한 날씨를

가지고 있어 인기가 좋고 훌륭한 코스를 가진 골프장이 많아 3색, 4 색으로 구성하는 경우가 많다.

골프장과 시내와의 접근성도 좋아 골프와 관광을 함께 즐길 수 있다. 동남아로 이동하는 시간에 대한 부담이 있거나 4일 이내 짧은 골프여행을 희망하는 손님에게 추천하면 좋은 지역이다.

02 | 중국 CHINA
비행시간 : 3시간 30분~4시간40분　시차 : -1시간
추천도시 : 하이난, 광저우, 심천

심천과 광저우는 위도 상, 대만의 가오슝과 비슷한 위치에 있어 온화한 날씨의 겨울 골프를 즐길 수 있다. 비행 소요시간도 3시간 30분밖에 안 걸리기 때문에 부담이 없다. 기온도 20도 안팎으로 무덥지 않은 라운딩이 가능하다.

하이난은 심천, 광저우보다 약 1시간이 더 소요되는데 위도 상 더 낮은 곳에 위치해있다. 동양의 하와이라고 불릴 정도로 연중 온화한 날씨를 가지고 있고 지리적 특성 상 라운딩을 하며 멋진 자연경관을 바라볼 수 있어 많은 골퍼들의 사랑을 받고 있다.

다만 중국은 비자가 필요한 국가이기 때문에 여행 시기에 맞춰 신청이 필요하다. 고맙게도 하이난은 도착 시 쉽게 받을 수 있는 면비자가 있어 비자 준비 없이 입국이 가능하다.

03 | 태국 THAILAND

비행시간 : 약 6시간 시차 : -2시간
추천도시 : 방콕, 파타야, 치앙마이, 푸켓, 후아힌, 카오야이

카오야이와 후아힌은 태국 내 타 지역에 비해 알려지지 않았는데 방콕에서 육로로 약 3시간이 걸리기 때문에 시간적인 여유가 있는 사람에게 추천한다.

방콕은 시내에서 머물며 다양한 골프장을 이용할 수 있어 좋고 세계 최고의 여행지답게 놀거리와 야경, 먹거리 무엇 하나 빼놓을 수 없는 관광 또한 즐길 수 있다.

최근 한 달 살기로 유명해진 치앙마이는 태국의 북쪽에 위치해 겨울철 선선한 라운딩을 즐길 수 있다. 직항은 있으나 방콕보다 편수가 많지 않고 높은 항공권 금액으로 시기를 놓치면 항공료에만 60~70만원을 쓸 수도 있어 특히나 겨울골프로 치앙마이를 고려하고 있다면 미리 서둘러야한다.

파타야와 푸켓 또한 휴양지 겸 골프여행지로 유명하고 풀빌라를 예약해 휴양과 라운딩을 동시에 즐기면 만족도가 높다.

04 | 베트남 VIETNAM

비행시간 : 약 5시간 시차 : -2시간
추천도시 : 다낭, 냐짱, 하노이, 호치민, 달랏, 푸꾸옥, 붕따우

4계절 봄의 도시라고 불리는 달랏은 최근 뜨는 베트남 지역이다.

베트남 신혼부부들의 인기 여행지로도 유명한데 아쉽게도 직항이 없어 호치민을 경유해야 한다. 하지만 경유를 해서라도 찾아가서 라운딩을 할 만큼 최적의 날씨를 가지고 있다.

푸꾸옥, 붕따우 역시 자연 경관이 아름다운 곳이지만 직항이 없어 경유를 해야 한다.

다낭과 냐짱은 유명 휴양지로 휴양과 관광, 라운딩을 시내 접근성 좋은 곳에서 즐길 수 있다는 점이 인기 요인이다.

호치민과 하노이도 꾸준히 인기 있는 골프여행지인데 북부에 위치한 하노이는 겨울철에는 조금 쌀쌀할 수 있고, 남부에 위치한 호치민은 낮에는 덥지만 밤기온은 떨어지는 기온차가 있는 편이다. 하노이는 유명 관광지 하롱베이 관광도 할 수 있다.

베트남은 무비자 협정국이지만 한 달 내에 재방문하는 여행객에게는 비자를 요구하고 있으니 비자 필요여부를 예약 시 파악해야한다.

05 | 말레이시아 MALAYSIA
비행시간 : 코타키나발루 약 5시간, 쿠알라룸푸르와 조호바루 약 6시간 20분, 랑카위 약 8시간 30분(경유) 시차 : -1시간

산과 바다의 절경이 아름다운 깨끗한 여행지 랑카위(Langkawi)는 개인적으로 추천하고 싶은 곳인데 직항이 없어 쿠알라룸푸르를 경유해야한다. 최소 5~6일 이상 시간이 가능한 여행객에게 추천한다.

세계 3대 석양으로 유명한 코타키나발루는 가족휴양지로도 추천

하기 좋을 만큼 깔끔한 리조트들이 많은 곳이다. 연중 온화한 날씨를 가지고 있어 겨울골프로도 좋은데 태국이나 필리핀처럼 많이 알려진 곳이 아니라서 비교적 여유로운 골프를 즐기고 싶은 사람들에게 추천한다.

만약 장기체류를 희망하는 손님이 있다면 쿠알라룸푸르를 추천한다. 비교적 저렴한 금액으로 장기 체류를 할 수 있고 각종 대회가 열린 유명 골프장들도 있어 좋은 그린에서 라운딩을 할 수 있다.

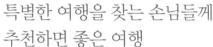

04

특별한 여행을 찾는 손님들께
추천하면 좋은 여행

일행끼리 단독 가이드여행하는 방법

　　소도시 여행, 한나라 깊이보기, 소그룹 여행 그리고 단독 여행. 이런 여행들의 공통점은 사람들이 여행을 대하는 마음이 양보다 질적으로 향상되었다는 것이다. 여행이란 것이 평생에 한번 갈까 말까한 게 아니라 언제든 떠날 수 있다는 생각이 커진 것이다.

　여행의 질을 중요하게 생각하게되니 남들과 섞이지 않는 맞춤 단독 여행 수요가 많아졌다. 단독여행은 3~4명의 작은 그룹일 수도 있고, 100명이 넘은 큰 단체일 수도 있다.

　최근에 나의 부모님과 친척들이 모여 할머니를 모시고 백두산을 가려고 이야기를 나누다가 이런 질문을 해왔다. "다른 사람들 없이 우리끼리만 여행갈 수 있나~?"

이처럼 사람들은 누구나 '프라이빗 한 것'을 좋아한다. 돈을 조금 더 소비하더라도 괜찮은 여행을 만들고 싶어하는 수요가 많아졌다는 얘기다.

단체 패키지여행의 특수성이자 단점인 모르는 다수와의 여행은 불편할 수밖에 없다. 화장실을 한번 가도 그 많은 인원이 움직이려니 대기시간도 길어지고 가이드는 한사람이 아닌 다수를 상대해야 하니 비교적 집중도가 떨어질 수밖에 없다.

남들을 끼지 않고 우리끼리만 단독으로 여행하는 것을 여행사에서는 '인센티브 투어 incentive tour', 줄여서 인센티브라고 한다. 처음에는 기업에서 직원들을 위해 돈이 아닌 여행으로 포상을 주는 형태로 시작되었는데 지금은 학교, 여행계, 종교단체, 가족, 부부동반모임 등 다양한 단체에서 단독으로 행사를 진행하는 경우도 인센티브라고 칭하게 되었다.

인센티브를 진행하게 되면 손님은 원하는 일정대로 조정을 할 수 있고, 가이드가 오직 한 팀만을 위한 서비스를 제공한다. 누군가를 기다리며 불편함을 참지 않아도 되며, 예약한 여행상품이 출발확정이 안될 수도 있다는 불안감을 가지지 않아도 된다.

손님은 우리 여행사뿐 아니라 다른 곳도 견적을 넣어 비교할 확률이 높고 요청사항과 금액이 맞지 않으면 금방 다른 곳으로 손님을 뺏기기 쉽다.

인센티브는 단체 패키지보다 인당 상품가가 높다. 예를 들어 단체 패키지 상품가가 70만원이라면 인센티브는 100만원까지 올라간다. 물론 여행지역과 인원에 따라 다르지만 평균적으로 1.5~2배까지 차이가 난다. 인원이 적을수록 N분의 1 하는 금액이 많아지니 인당 금액이 올라가는 것은 당연하다. 패키지와 비슷한 금액인 줄 알고 단독을 문의하는 손님도 있기 때문에 처음에 상품가가 올라가는 것에 대한 1차적인 설명이 필요하다.

■ 인센티브 행사는 어떻게 준비할까?

9명 이하의 소규모 인센티브는 단체항공이 아닌 인디비(개별 항공권)를 이용하면 되고 지상만 랜드사에 별도로 요청해 금액을 산출한 뒤 수익을 붙여 상품가를 책정하면 된다.

10명 이상의 단체는 항공사에 단체 항공권 가능여부와 금액확인을 요청하고 랜드사에 지상 요금을 요청해 수익을 붙여 상품가를 책정한다.

그런데 사실 요즘 단체항공권이 비싸기 때문에 여권 상 정확한 영문명과 생년월일, 성별을 모아둔 명단이 있는 단체는 최대한 개별항공으로 예약을 하는 편이 낫다.

이 때 만약 여러분이 중소여행사가 아닌 패키지석이나 단체 블록을 가지고 있는 규모의 여행사에 취직을 한다면 항공 팀에 요청해 사내에 보유한 항공을 이용하면 된다.

팀에 따라 세세한 진행방법은 다르지만 기본적으로 항공+지상(호텔, 차량, 기사, 가이드, 식사, 일정상 입장료, 기사&가이드팁)+비자+여행자보험=원가를 산출해 수익을 붙여 판매를 한다. 대부분 견적을 요청하는 랜드사에서 알맞게 구성을 해주겠지만 가장 놓치기 쉬운 것은 인원수에 맞는 차량의 크기인데 10명 행사에 11인승 차량을 수배하면 곤란하다. 1인당 1캐리어를 가져온다는 가정을 하고 차량에 앉을 때도 여유 있게 활동할 수 있는 크기의 차량으로 수배해야한다.

■ 인센티브 행사에서는 어떤 것을 파악해야할까?
1) 기본사항 파악 : 여행 날짜와 여행도시, 출/도착 공항, 인원수(성인/소아 구분), 루밍, 팀컬러, 여행의 목적, 희망일정, 장소 수배 여부, 기관 수배 여부

패키지여행을 상담할 때도 필요한 기본사항이지만 인센티브는 더욱 구체적일 필요가 있다. 특히 팀의 성격을 확인하는 것이 무엇보다 중요하다. 항공사에 단체 항공을 요청할 때도 정확한 수요명이

있어야 하고, 현지 일정을 구성할 때도 팀의 성격에 맞게 제안을 해야 만족도가 높기 때문이다.

일정은 특별한 요청이 있는지 확인하고 없다면 추천 일정으로 제안하면 된다. 가족여행은 패키지 일정과 비슷하게 요청하는 경우가 많은데 기업단체에서 워크샵 목적으로 가는 여행이라면 식당이나 호텔 세미나실을 통째로 빌려 시상식을 하거나 회의시간을 갖는 경우가 많아서 장소섭외를 별도로 진행하기도 한다. 또한 연수목적의 출장은 특정 기관 섭외를 요청하기도 한다.

2) 특이사항 파악 : 선호 항공사와 선호 시간대, 호텔&식사 등급, 쇼핑센터 방문 횟수

기본적인 파악이 끝났다면 이 단체만의 특이사항을 확인하면 좋다. 대한항공과 아시아나만 원하는 경우도 있고, 저가항공이나 외항사도 상관없다는 경우도 있다. 나 같은 경우에는 항공시스템으로 실시간 좌석 조회를 해보고 손님에게 상황을 말해 조율을 한다.

만약 조회를 했는데 하위 좌석이 다 빠지고 높은 Booking CLS의 좌석만 남아있다면 단체항공을 요청해도 반려될 확률이 높다. 항공사 입장에서는 어차피 잘 팔리는 좌석을 굳이 단체에게 줄 필요가 없다.

호텔의 성급도 중요하다. 대부분 특별한 요청이 없다면 4성급을 기준으로 하지만 의사를 물어봐야 한다. 식사도 특별한 요청이 없다면 단체 패키지에 제공되는 급으로 준비를 하는데 나는 의사를 물어보는 편이다. "기본적으로 식사는 패키지 급으로 진행되는데 괜찮으신가요? 보통 단체 팀은 마지막 날 일정을 마무리하면서 저녁식사를 업그레이드해서 진행하기도 합니다." 라고 하면 "우리는 식사를 신경 써야 하는 팀이니 패키지보다 더 높은 급으로 해주세요," 또는 "마지막 날만 특별식으로 해주세요." 정도로 답변을 한다. 보통 랜드사에서 인센티브 견적을 줄 때 견적서에 식사가 얼마짜리인지 기재를 해준다. '식사 5$ 기준', '삼겹살 10$, 호텔특식 30$' 이런 식으로 주기 때문에 손님이 따로 말을 안했더라도 너무 낮은 수준이라고 생각된다면 팀컬러에 따라 급을 조절하면 된다.

마지막으로 중요한 것은 쇼핑센터 방문 횟수다. 지역에 따라 적게는 1회, 많게는 6~7회까지도 방문하는데 요즘 손님들은 여행 고수들이라서 처음부터 노쇼핑으로 해달라는 요청을 하기도 한다. 인센티브에서 쇼핑은 행사 만족도와 직결되는 중요한 요소이기 때문에 꼭 손님의 의사를 물어봐야한다. 참고로 쇼핑 횟수를 줄일수록 상품가는 올라간다.

미국을 여행하는 가장 좋은 방법, 캠핑카여행

현대적인 의미로 미국 캠핑카여행의 역사는 100년이 넘어가고 있다. 은퇴 후 집을 팔아 캠핑카로 전국을 일주하는 사람도 있을 만큼 광대한 미국을 여행하는 가장 좋은 방법이라고 할 수 있다. 캠핑카여행의 가장 큰 장점은 자연 깊숙한 곳에서 잠을 잘 수 있다는 것인데 패키지여행이나 자유여행은 도심에 호텔을 잡아야 한다. 국립공원 안에는 호텔도 많지 않을뿐더러 비용 또한 비싸기 때문이다.

국립공원 안에서 숙박을 하면 피로감을 덜어줄 뿐 아니라 밤하늘의 쏟아지는 별을 바라보며 낭만적인 캠프파이어를 할 수 있다.

캠핑카여행은 직접 운전을 해서 자유여행을 하거나 가이드가 있는 패키지여행으로 참여할 수 있다. 하지만 일반 패키지여행과 다르게 캠핑카 구조 특성상 소규모로 이뤄질 수밖에 없기 때문에 단체여행으로부터 겪는 불편한 단점을 보완할 수 있어서 좋다. 9명 미만의 여행객이 캠핑카 안에서 함께 지내며 트레킹도 하고 음식도 해먹는다.

가족들과 함께 미국을 방문하는 손님에게는 직접 운전하는 캠핑카여행을 추천하면 좋다. 대부분의 캠핑카 차량은 4~5인 가족이 여행하기 딱 알맞은 크기로 제작되어 있어서 아이들과 추억을 쌓기에 이만한 것이 없다. 자가 운전을 두려워하는 사람도 꽤 있는데 강남 한복판에서 운전을 할 수 있는 정도의 실력이라면 캠핑카운전도 어럽지 않게 해낼 수 있다.

만약 미국을 전체적으로 돌아보기를 원한다면 날씨를 꼭 따져봐야 한다. 워낙 광활한 땅을 가진 나라인 만큼 기온도 다르고 국립공원마다 오픈하는 시기가 다르다.

예를 들어 '엘로스톤 국립공원(Yellow Stone National Park)'은 1년 중에 몇 달간만 오픈하기 때문에 이곳을 가고 싶다면 6~9월 중에 일정을 세워야 하고 캠핑장 또한 사전예약을 해야 한다. 캠핑장 외의 다른 곳에서 숙박을 하는 것은 법적으로 금지되기 때문에 이런 지역은 특히 캠핑장 예약을 서둘러야 한다.

'그랜드캐년 국립공원(Grand Canyon National Park)'이 속한 '그랜드서클(Grand Circle)'은 '앤탈롭캐년(Antelope Canyon)', '자이언캐년(Zion Canyon)' 등 유명 국립공원들이 동그라미 형태로 위치해 있다 하여 붙여진 이름으로 미서부 여행의 핵심코스라고 할 수 있다.

여러분이 캠핑카여행을 손님에게 추천하게 된다면 렌탈만 따로 예약을 해주거나 항공부터 시내 호텔예약, 캠핑카예약까지 한 번에 대행을 해줄 수 있다.

12 : 미국 여행하기 좋은 시기

미국은 워낙 땅이 커서 일률적으로 설명하기는 어려우나 미국을 여행하기 좋은 시기는 너무 춥고 더운 시기를 제외한 4~5월, 8월말 ~10월이다. 2~3월과 11월도 옷을 잘 갖춰 입는다면 여행하기 괜찮은 시기다.

미국여행에서 흔히 볼 수 있는 모습 in Antelope Canyon

밤하늘에 펼쳐지는 빛의 향연, 신의 선물 오로라

오로라(Aurora)는 '새벽'이라는 뜻의 라틴어가 어원이다. 사전적 의미로는 태양에서 방출된 플라스마의 입자가 지구 자기장에 이끌려 대기로 진입하면서 공기분자와 반응하여 빛을 내는 상호 작용 현상이다. 극지방에 가까울수록 관측이 쉽기 때문에 극광(極光)이라고 하여 북극에서는 북극광, 남극에서는 남극광으로 불린다. 주로 아이슬란드, 캐나다, 노르웨이 같이 북반구에 위치한 국가들에서 관측이 잘 된다.

오로라는 1년 내내 발생하지만 여름에는 백야현상 때문에 보이지 않고 비교적 밤이 긴 겨울에 빛이 없는 맑은 하늘에서 볼 확률이 높다. 오로라는 황록색의 빛깔을 많이 띠지만 보라색, 파랑색, 붉은색으로도 발광한다.

■ 아이슬란드 Iceland

'불과 얼음의 나라'라는 별명을 가지고 있는 아이슬란드는 "이곳이 지구가 맞나?" 하는 생각이 들게 한다. 국토의 약 10% 정도가 빙하로 덮여있고 최근에도 활동을 하고 있는 활화산도 많아서 간헐천이나 온천이 발달해 있다. 영화 '인터스텔라'의 배경이 된 것으로도 유명하다. 더 이상 나올 매력이 있나 싶지만 아이슬란드는 극지방에 위치해 오로라 관측도 가능하다. 오로라를 보고 나서 추운 몸을 녹이기 위해 온천욕을 하거나 빙하투어를 떠나는 것도 겨울철 아이슬란드 여행에서 빼놓지 말아야 할 포인트다.

우리나라에는 '꽃보다 청춘'이라는 예능프로그램을 통해 알려지기 시작했고 이제는 한국인들에게 인기 있는 여행지가 되었다.

1) 오로라 여행 적기 : 9월~4월 중순 (그 중 가장 밤이 긴 11~2월)

2) 이동방법 : 아이슬란드의 수도이자 여행의 시작점인 '레이캬비크(Reykjavik)'까지 가기 위해서는 '케플라비크(Keflavik)' 공항을 간 뒤 차량으로 약 40분가량 이동을 해야 하는데 아쉽게도 현재 인천공항에서 케플라비크 공항까지의 직항은 없다. 보통 유럽의 한 도시를 경유를 해서 들어간다.

3) 오로라 만나기 : 아이슬란드를 여행하기 가장 좋은 방법은 렌트카를 이용하는 것인데 만약 운전을 하지 못하더라도 여행객들이 다니는 '링로드(Ring Road)' 곳곳에 버스가 있기 때문에 걱정하지 않아도 된다. 하지만 겨울철에는 운행하지 않는 구간이 많기 때문에 보통 여러 명이 모여서 함께 렌트 여행을 하거나 여행사에서 운영하는 세미패키지를 참여하는 경우가 많다. 여행객들은 레이캬비크에 거점을 잡고 현지투어를 예약해 오로라를 찾아 차를 타고 돌아다니는 '오로라 헌팅(Aurora Hunting)'도 많이 참여한다.

■ 캐나다 옐로나이프 Canada Yellowknife

세계에서 가장 오로라가 잘 보이는 곳, '오로라의 수도'라고 불리는 캐나다 '옐로나이프(Yellowknife)'다. 여름에는 호수에 비친 오로라의 영롱한 빛이 아름답고, 겨울에는 새하얀 캔버스에 물감을 뿌리듯 쌓인 눈 위로 흩날리는 오로라의 향연을 볼 수 있다.

1년 평균 240일 동안 오로라를 관측할 수 있어서 'NASA'에서는 이 곳을 세계 최고의 오로라 관측 장소로 뽑았다. 사방이 평지로 이루어져 시야 방해 없이 볼 수 있다.

1) 오로라여행 적기 : 여름이 시작되는 5~8월은 백야현상으로 오로라를 관측하기 어렵고, 겨울시즌인 11~4월, 특히 11~2월에 가장 선명한 오로라를 볼 수 있다.

2) 이동방법 : 인천에서 옐로나이프 공항까지 가는 직항은 없다. 비정기적으로 겨울철에 직항을 띄울 때도 있지만 그건 여행을 가는 시기에 맞춰 재확인을 해봐야하며, 현재는 보통 밴쿠버를 경유해서 간다.

3) 오로라 만나기 : '오로라호수(Aurora lake)'에 위치해 있는 '오로라 빌리지(Aurora Village)'를 이용하는 방법이 있다. 오로라 빌리지는 캐나다 북부 원주민의 이동식 주거 형태인 '티피(Tee pee)'에서 몸을 녹이며 오로라 관측을 할 수 있도록 만들어진 관측 시설이다. 옐로나이프 시내에서 차량으로 약 25분 거리에 위치해 이동에 부담

이 없고, 도심의 불빛에서 벗어나 오로라를 관측하기 더 좋은 환경을 만들어 준다.

오로라 빌리지는 여름 시즌 8월 중순~10월 초까지, 겨울시즌 11월 중순~4월 초까지 오픈하고 많은 여행객들이 4박 이상을 옐로나이프 시내에 머물며 하루에 3~4시간씩 2~3일 정도를 방문한다. 여기서 잠깐! 오로라 빌리지는 숙박 시설이 아닌 오로라 관측 체험 시설인 점을 참고하자.

조금 더 모험적인 오로라 관측을 원한다면 차량을 이용한 오로라 헌팅투어도 있고, 일행끼리 숲 속의 조용한 '롯지(Lodge)'에 숙박하며 오로라를 기다리는 편안한 관측방법도 있다.

여러분이 일하게 될 여행사가 오로라 전문이 아니더라도 캐나다 옐로나이프 오로라상품은 판매하고 있을 확률이 높다. 그만큼 제일 유명하고 인기가 많다.

■ 알래스카 페어뱅크스 Alaska Fairbanks

알래스카의 대부분의 호텔은 손님이 희망할 경우 오로라가 떴을 때 잠들어있는 손님들을 깨워주는 '웨이크업 콜(Wake up call)' 서비스를 진행한다. 역시 오로라의 도시답게 일반 여행지에서는 볼 수 없는 섬세한 배려가 느껴진다. 이 곳 알래스카는 북위 65도에서 밤하늘에 찬란한 수채화를 뿌린다.

1) 오로라여행 적기 : 8월 말~4월 말까지가 오로라 시즌이다. 8월 말~9월초까지 날씨가 좋은 편인데 구름에 가려 선명한 오로라를 못 볼 확률이 반 이상이다. 하루 중 시간으로는 저녁 11시 반부터 4시 반 사이가 어둡기 때문에 가장 선명한 오로라를 볼 수 있다.

2) 이동방법 : 한국에서 알래스카까지는 정기적으로 운영하는 직항은 없고, 성수기인 7~8월에만 비정기적으로 직항편이 운항되기도 한다. 알래스카 내에서는 '페어뱅크스(Fairbanks)'가 가장 잘 알려진 관측지다.

3) 오로라 만나기 : 페어뱅크스는 굉장히 다양한 숙박형태가 있는데 롯지, 캐빈, 일반 호텔, 캠핑장 등 취향에 맞게 고를 수 있다. 방 안에서 투명한 유리창 밖으로 오로라를 볼 수 있게 만들어 놓은 숙소에서 숙박을 하거나 일반호텔에서 머물며 다양한 오로라 투어들에 참여해 볼 수 있다. 만약 알래스카 곳곳을 여행하며 오로라를 보고 싶다면 렌트카나 캠핑카를 빌려 여행을 하는 것도 가능하다.

♥ 알래스카의 다양한 오로라 뷰잉 투어와 숙소를 찾고 싶다면?
https://www.explorefairbanks.com/

■ 러시아 무르만스크 Russia Murmansk

무르만스크는 러시아 북서쪽에 위치한 최북단의 항구도시로 북극권 오로라 출몰지역 중 가장 최대도시이기도 하고 우리나라에서 비교적 접근성이 좋다.

사실 대다수의 오로라 관측지는 북극권에 위치해 있고 볼거리가 많은 대도시가 아니기 때문에 오로라를 기다리는 저녁까지 다소 심심할 수 있는데 무르만스크는 세계 최초의 쇄빙선인 '레닌호박물관'을 관광하거나 전통부족체험을 해볼 수 있고, 무르만스크로 이동하기 전 러시아의 제 2의 도시인 '상트페테르부르크(Saint Petersburg)'를 구경할 수도 있다는 장점이 있다. 어차피 한국에서 무르만스크까지 가는 직항은 없기 때문에 가는 길에 러시아의 주요도시들을 같이 둘러보면 좋다.

1) 오로라여행 적기 : 1년 중 7~8개월의 기간(9월 말~3월 말)동안 오로라 관측이 가능하나 최고 피크시즌은 12~1월이다. 다른 오로라 관측지와 비슷하게 새벽이 되어야 선명한 오로라를 볼 수 있다.

2) 이동방법 : 한국에서 무르만스크까지 직항은 없다. 여행자들이 많이 택하는 경로는 한국에서 상트페테르부르크나 모스크바로 간 뒤 무르만스크까지 기차나 비행기로 이동한다.

3) 오로라 만나기 : 타 지역에 비해 무르만스크는 여행객들이 한글로 된 정보를 쉽게 얻지 못하는 편이다. 딱 '구글링(Googling)'이 필요한 지역이라고 할 수 있다.

무르만스크 내의 숙소나 호텔에서 오로라 헌팅 정보를 얻을 수도 있고, 택시나 렌트카로 자유롭게 여행을 떠나듯 밤을 유랑해보는 방법도 있다.

크루즈 위에서 바라보는 바다는 해변에서 바라보는 것과는 또다른 낭만이다. in Costa Cruise

바다 위의 호텔, 크루즈여행

지상 최고의 휴가, 움직이는 도시, 크루즈여행을 보고 하는 말이다. 그래서 일까, 크루즈여행이 비싸고 부담스럽다고 생각하는 사람들이 많다. 하지만 그건 한 번도 크루즈여행에 관심을 가지려하지 않았기 때문이다.

초창기 크루즈여행은 다소 비싼 감이 있었지만 최근에는 여느 유럽의 3~4성급 호텔의 하루 숙박 값과 비슷한 금액으로 가성비있는 크루즈 객실에서의 하룻밤을 예약할 수 있다.

물론 크루즈를 하루만 예약을 하는 것은 아니기 때문에 박당 요금이 추가되지만 선내에서 제공하는 다채로운 프로그램과 서비스, 전 일정 식사가 무료로 제공되는 것을 안다면 결코 비싼 가격이 아니다.

바다 위에서 일출을 보고 쏟아지는 별을 보며 잠이 든다. 자고 일어나면 매일 배달되는 선상신문에서 오늘은 또 어떤 파티와 쇼가 벌어질까 상상하며 드레스코드에 맞춰 옷을 차려입는다. 바다를 바라보며 식사를 하고 어느새 도착해있는 기항지에 내려 새로운 도시를 구경한다. 세상에 이렇게나 멋진 여행방법이 있을 수 있다니, 자고 일어나면 나를 새로운 도시로 데려다준다.

어떤 사람들은 이렇게 말하곤 한다. 배 안에서 뭐 얼마나 할 게 있겠냐고, 심심하지 않겠냐고 말이다. 짚 라인, 아이스링크, 뮤지컬, 인공파도타기, 수영장, 자쿠지, 스파, 암벽등반, 노래방, 클럽, 바, 면세점, 이 모든 게 배 안에 있다는 것을 알고 나면 그런 말이 쏙 들어갈 것이다.

현재 기준 세계에서 가장 큰 크루즈가 약 23만 톤이고 그 층수는 웬만한 아파트높이와 맞먹는다.

최근 한국인 관광객들의 크루즈여행 수요가 늘어남에 따라 부산 항이나 인천항에서 출발하는 크루즈 스케줄이 늘어나고 있지만, 전 세계 크루즈여행 시장을 놓고 봤을 때는 적은 편이다. 그렇기 때문 에 좀 더 다양한 지역으로 원하는 계절을 찾아 크루즈여행을 하고자 한다면 가깝게는 동남아, 멀게는 호주, 미주, 카리브 해까지 비행기 를 타고 이동한 뒤 항구에서 크루즈에 탑승을 해 여행하는 방법도 있다.

크루즈여행도 일반적인 패키지여행처럼 단체로 여행을 가거나 크 루즈와 항공권을 따로 예약하는 자유여행도 가능하다.

▣ 크루즈여행 지역별 운항시기

아시아, 카리브해, 지중해, 하와이는 연중 만나볼 수 있고, 북유럽 과 알래스카는 5~9월, 남미는 12~4월, 호주는 9~4월이 집중 운항 되는 시기이다.

한국에서 출발하는 크루즈는 보통 여름에 운항을 하고 일본, 러시 아, 중국 등을 여행한다. 좀 더 많은 지역을 여행하고 싶거나 한국 출발 스케줄이 없는 계절에도 크루즈여행을 하고 싶은 사람들에게 는 가깝게 싱가포르, 홍콩, 페낭, 푸켓 등을 추천한다.

■ 크루즈에서 돈쓰는 방법

선내에서는 크루즈선사에서 발행하는 탑승객 각각의 선상 카드로 결제를 한다. 선상 카드는 신분증이자 결제카드, 방 열쇠의 역할을 하기 때문에 절대 분실해서는 안 된다.

그럼 크루즈 안에서 어떤 것들을 이용할 때 돈이 드는 걸까? 음료나 주류, 카지노, 쇼핑, 기항지관광 등은 별도로 비용이 추가되고, 무료식당 외에 유료식당을 이용할 경우에도 비용이 발생한다. 전 세계 공통으로 내야하는 선상 팁 또한 연결해놓은 카드로 자동결제가 된다.

■ 객실 타입

크루즈 객실은 내측, 오션뷰, 발코니, 스위트로 나눠지는데 가장 저렴한 객실은 내측이다. 내측객실은 호텔에서 창문이 없는 객실이라고 이해하면 쉽다. 크루즈에서의 오션뷰는 객실 내 작은 창문은 있지만 그 문이 열리지는 않는다. 우리가 호텔에서 오션뷰라 부르는 발코니가 딸린 객실을 생각한다면 크루즈에서는 오션뷰가 아닌 발코니룸을 살펴봐야 한다.

객실에서 밖으로 나갈 수 있는 발코니가 있어 바다 바람을 시원하게 맞으며 휴양을 즐길 수 있다. 크루즈 여행을 제대로 즐기려면 발코니 객실 이상부터 이용하는 것을 추천한다.

크루즈에서는 전날 미리 주문해 놓은 식사를 아침시간에 맞춰 가져다주는 룸서비스도 무료로 신청할 수 있는데 발코니에 앉아 바다를 바라보며 식사를 즐길 때 그 여유는 누구도 방해하지 못 할 최고의 휴식을 선사한다. 룸서비스는 객실타입에 상관없이 받을 수 있다.

같은 객실타입이더라도 엘리베이터에서 가까운지, 물의 저항을 덜 받는 위치인지, 객실의 층수는 어디인지 등을 고려해서 편리성에 따라 금액이 상이하게 책정된다.

크루즈 객실도 호텔처럼 2인1실을 기준으로 한다. 하지만 벽걸이 침대가 내려오는 3~4인실, 장애인실 등 특수한 목적성을 가진 객실들도 있다. 이 때 3~4인실을 이용한다면 2명 외에 추가되는 3,4번째 승객에 대해서는 저렴한 운임으로 예약을 할 수 있다.

3~4인실 객실은 수가 많지 않아서 금방 마감될 수 있고 원하는 위치의 객실을 선택하기 어려울 수 있다. 위기상황에 대비해 구명정의 위치나 개수 등을 고려해 객실 배치가 이뤄졌기 때문이다. 그리고 벽걸이 침대라서 너무 어린 아이나 노인이 타기에는 다소 불편할 수 있다.

■ 한국 출발 크루즈를 탄다는 것은

타지에서 타는 크루즈는 기본적인 소통언어가 전 세계 공통어인 영어일 수밖에 없다. 하지만 한국에서 출발하는 크루즈를 탄다면 한국인 승무원도 타고 있고, 그 알아먹기 힘들던 선상신문도 한글로 번역을 해준다.

사실 여행을 할 때 언어의 장벽을 아예 무시할 수 없다. 언어가 편해야 마음이 편하고 마음이 편해야 좀 더 심리적으로 안정된 상태의 여행을 할 수 있다.

앞으로도 많은 이들이 크루즈여행에 관심을 가져서 한국에서 출발하는 다양한 노선이 많이 생기기를 바란다.

■ 패키지여행 VS 자유여행

패키지여행은 한국에서 출발할 때부터 여행을 마치고 도착할 때까지 한국인 전문 인솔자가 동행을 한다. 현지에 도착하면 전반적인 크루즈 시설이나 프로그램에 대한 설명을 들을 수 있고 비상상황이나 궁금증 발생 시 기댈 곳이 있다는 것이 가장 큰 장점이다. 또한 기항지투어를 신청하면 한국어로 된 가이드투어를 들을 수 있다.

하지만 어차피 선내에서 시간을 보낼 때는 선상신문에 나와 있는 일정 중에서 내가 원하는 프로그램에 참여를 하는 자유여행이기 때문에 굳이 꼭 인솔이나 가이드가 필요하지 않을 수도 있다. 하지만 비상상황이 발생한다면 영어로 해결을 해야 하거나 한국어로 기항지투어를 들을 수 없다는 것이 살짝 아쉬운 단점이다.

여행자들의 로망, 시베리아 횡단열차

'블라디보스톡(Vladivostok)'을 출발해 종점인 '모스크바(Moscow)'까지 가는 여정은 총 9,288.2km다. 같은 철도지만 사람에 따라 여행기간은 다르다. 중간 정착 역에 내려 그 도시에서 며칠을 묵기도 하고 전체 여정이 아닌 짧은 구간만 골라 여행하기도 하는데 평균적으로 일주일을 여행한다. 중간에 많은 역을 정차하지만 가장 인기 있는 것은 단연 '이르쿠츠크(Irkutsk)'역이다.

시베리아의 파리라고 불리는 이르쿠츠크는 그 유명한 '바이칼호수(Baikal)'를 갈 수 있는 역이다. 전 세계의 여행자들은 이 곳 바이칼 호수를 구경하기 위해 1박 이상을 머물며 캠핑을 즐긴다. 한국인 여행객들은 현지 여행사를 낀 '알혼섬(Olkhon)' 투어도 많이 이용한다.

시베리아 횡단열차는 단순히 기차여행을 좋아하고 안 좋아하고를 떠나 그 이상의 의미를 가진다. 복잡한 마음을 덜어내려 사색에 잠기는 시간을 억지로 만들고 싶은 것이다. 분명한 것은 시베리아 횡단열차라는 단어가 참 많은 사람들의 버킷리스트에 올랐다.

우리나라에서 시베리아 횡단열차를 타기 위해서는 우선 블라디보스톡까지 항공으로 이동을 해야 한다. 인천공항에서 블라디보스톡까지는 약 2시간이 걸리고 항공 인, 아웃을 모두 블라디보스톡으로 한다면 왕복 티켓 값노 평균 20만원 정도면 구할 수 있다.

가장 짧은 일정으로는 인천에서 블라디보스톡까지 항공으로 이동한 뒤, 블라디보스톡에서 하바롭스크까지 횡단열차를 타고 하바롭스크에서 인천으로 항공을 이용해 돌아오는 것이다.

장시간 이동에 대한 부담감이 있는데 한번쯤 체험을 해보고 싶은 여행객들에게 추천하는 일정이다. 이왕 시베리아 횡단열차 정복을 꿈꾸고 있는 여행객이라면 블라디보스톡을 출발해 모스크바까지 가는 중간에 이르쿠츠크에 들러 바이칼호수를 구경하고, 블라디보스톡과 모스크바를 추가로 여행하는 2주 정도의 일정도 괜찮다.

열차는 2인실, 4인실, 6인실로 나뉘고 침대등급에 따라서 금액이 달라지지만 예약시점도 티켓 값에 영향을 주기 때문에 여행 일정이 확정되었다면 서둘러 예약하는 것이 좋다.

대부분의 여행사에서는 티켓만 판매하기도 하지만 왕복항공료, 도시 호텔, 시베리아 횡단열차 티켓, 여행자보험을 포함해서 일정별로 다양한 자유여행 에어텔 상품을 만들어 판매한다.

여름의 유럽은 정열로 꽉찼다. in Barcelona

나의 첫 배낭여행, 하나의 유럽

'유럽' 하면 '배낭여행'이라는 단어가 착 달라붙는 이유는 무엇일까. 대학생들에게 처음으로 떠나는 장거리여행이자 장기여행의 목적지로서 유럽만큼 낭만적인 곳이 없다.

유럽이 배낭여행으로 좋은 이유 중에 하나는 쉥겐협정 덕분이다. 앞서 설명한 것처럼 쉥겐협정은 유럽의 26개 국가가 여행과 통행의 편의를 위해 국경이 없는 한 나라처럼 자유롭게 이동할 수 있게끔 체결한 협약인데 우리가 많이 가는 여행지는 대부분이 쉥겐협정 가입국이다.

유럽여행을 계획할 때는 여행가고 싶은 국가를 고르는 것도 중요하지만 어떤 도시를 살지를 정하는 것이 더 도움이 된다. 면적이 넓은 나라라면 도시간의 거리가 멀 수 있는데 오히려 옆 나라의 도시가 더 가깝다면 그곳을 먼저 여행하는 것이 효율적이다.

만약 손님이 영국을 함께 여행하고자 한다면 일정의 처음 또는 끝으로 영국을 추천하는 것이 좋다. 영국은 유럽대륙과 떨어져 있어서 중간에 '도버해협(Strait of Dover)'을 건너야 하는데 해저터널을 지나는 열차 '유로스타(Eurostar)'를 보통 탑승한다. 유로스타를 이용해서 런던에서 파리, 런던에서 브뤼셀로 이동을 하는 것은 어렵지 않으나 대륙을 두 번 건널 필요가 없기 때문에 처음 또는 끝으로 영국을 계획해 편도이동만 하는 것이 효율적이다.

유럽에는 정말 많은 국가들이 있기 때문에 여행지역을 선택하는 것부터가 행복한 고민의 시작이다. 대표적인 서유럽 국가들로 영국, 프랑스, 스위스, 이태리가 있는데 가장 잘 알려지기도 했지만 역사적인 관광지와 아름다운 자연경관이 많아 인기가 좋다.

최근에는 지중해 스페인과 포르투갈도 많이 가는데 타 국가들에 비해 물가가 저렴해서 장기여행객들에게 사랑받고 있다. 그 다음으로 동유럽을 많이 간다. 대표적으로 체코, 오스트리아, 헝가리, 크로아티아가 있다.

만약 손님이 한 달간의 유럽여행 일정 계획을 요청한다면 이동 경로를 먼저 정리한 뒤 항공, 호텔, 보험, 현지투어, 도시이동교통을 구성해서 안내하면 된다.

누군가의 버킷리스트, 산티아고 순례길

산티아고 순례길은 칠레의 산티아고를 걷는 길을 말하는 것이 아니라 1993년 유네스코 세계유산에 등재된 스페인과 프랑스 접경 지역에 위치한 기독교 순례길이다. 현재는 종교적인 의미를 떠나 전 세계 사람들이 자신을 돌아보는 기회로 순례길을 찾는다.

약 800km를 걷는 긴 여정인 만큼 선뜻 도전하기는 어렵지만 언젠가 도전해보고 싶은 버킷리스트로 많은 이들에게 알려졌다. 하루 20km 씩을 걷는다고 가정하면 총 한달 반 정도를 걸어야 모든 길을 완주할 수 있다.

전체를 완주하는 코스도 있지만 걷는 동안 짐을 다음 장소로 옮겨주는 서비스를 포함시키거나 강력 추천하는 코스만 걷고 나머지는 차량을 이용해 이동하는 상품도 있다.

산티아고 순례길을 완주하는 것에 목적을 두는 사람들도 있지만 한번쯤 체험으로 걸어보고 싶다고 생각하는 수요가 있어서 이런 상품이 만들어졌다.

조금 번외의 이야기지만 여행사에 취업할 때 여행경력도 어느 정도 중요한데 일반적인 여행지가 아니라 산티아고 순례길을 다녀왔다면 조금은 독특하게 보이지 않을까? 스페인이나 프랑스 쪽으로 여행을 갈 계획이 있다면 조금이라도 순례길을 걸어보라고 추천하고 싶다.

백두산의 봄, 여름, 가을, 겨울

최근 백두산이라는 영화가 개봉을 했다. 백두산이 폭발을 해서 한순간 한반도 전체를 재난의 늪으로 빠트린다는 내용인데 다행히도 실제로는 가까운 시일 내에 폭발할 확률은 낮다고 한다. 폭발위력을 떠나 백두산은 우리에게 역사적으로 아픈 손가락이다. 금강산처럼 법적으로 갈 수 없는 곳이 아니라 중국을 통해서라도 관광을 할 수 있다는 것에 감사해야할지도 모른다. 그렇다면 한국인이라면 한번쯤 가보고 싶어 한다는 백두산은 언제가야 좋을까?

9월말에서 4월초까지는 동절기이고 10월부터는 눈이 많이 오는 편이라 5월에서 8월초까지가 산을 등정하기 좋다. 단, 7~8월은 장마가 올 수 있다.

생기로운 푸른 풀과 나무, 꽃들을 볼 수 있는 봄, 트레킹하기 좋은 여름, 단풍이 아름다운 가을, 하얀 설원으로 덮인 동화 같은 풍경의 겨울에는 온천까지 즐길 수 있어 4계절 모두 다른 매력을 가지고 있다. 마니아 층은 계절별로 다녀올 정도다.

보통 4~6일 정도의 일정으로 떠나는 백두산은 모두에게 선명한 천지를 보여주지는 않는다. 그래서 대다수의 패키지는 등정 코스를 다르게 해 2~3번을 천지에 오른다. 천지에 오르는 횟수가 많을수록 볼 수 있는 확률도 높아지기 때문이다. 또한 바라보는 위치에 따라 천지의 모습이 달라 보이기도 하고 코스마다 볼거리도 다르다.

보통 차량으로 쉽게 이동해 천지를 볼 수 있는 북파코스와 가벼운 트레킹을 할 수 있는 서파코스로 등정을 하고, 중국의 연길, 대련, 선양, 장춘, 목단강을 통해 입국한다.

등산동호회나 사진동호회에서도 단체여행을 많이 하고 2대, 3대 가족들끼리 단독행사 문의도 많은 곳이다.

우리나라 사람들의 휴가시즌이자 학생들의 방학시즌인 6~8월에는 좌석이 금방 마감되는 편이다. 단체 팀컬러와 성향에 맞게 여행지를 추천할 때 백두산 또한 고려해보는 건 어떨까.

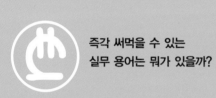

즉각 써먹을 수 있는
실무 용어는 뭐가 있을까?

04 | CHAPTER_04
실무에 무조건
도움이
되는 것들

최고의 전망카페, 프라하성 스타벅스에서 in Prague

입사하자마자 센스 있는 신입사원이 될 수 있는 기회

실무를 　　하다보면, 바쁜 선배를 붙잡고 물어보기 민망할 정도로 간
　　　　　단한 궁금증이 많이 생긴다. 나 또한 그랬고 그 때마다 인
터넷과 책을 뒤져 찾아보곤 했다.

이번 장에서는 알아두면 실무에 도움이 될 만한 아주 사소한 것들을 모
아 놨다. 여행사 취업준비를 하면서 공부해도 좋고 실제 입사하고 난 뒤
에도 책을 찾아보면 도움이 되게끔 정리해 놨다. 입사하자마자 센스 있
는 신입사원이 될 수 있는 기회가 생겼다. 가볍게 훑어보고 외울 건 외
워보자.

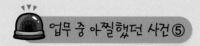

그 때 말했던 금액으로 해줘!!

"지금 안내드린 금액은 현재기준이므로, 추후 예약 시 재확인 해주셔야 합니다." 내가 맨날 하는 말이다.

한번은 골프여행 문의를 받아서 금액을 계산해 안내했다. 그로부터 한 2주 뒤 예약을 하고 싶다고 해서 당일 기준금액으로 재확인을 해보니, 2주 전 안내를 했을 때보다 인당 약 10만원이 올라있었다. 그래서 손님한테 안내를 했더니 지난번이랑 왜 이렇게 많이 차이가 나냐며 그 때 그 금액으로 해달라고 떼를 쓰기 시작했다.

대부분의 손님은 항공과 여행상품은 예약 시점기준으로 재확인이 필요하다는 것을 알고 있지만, 이 손님은 아는지 모르는지 막무가내였다.

사실 내 잘못도 있었다. 항상 손님이 안다고 가정하지 말고 아무것도 모른다는 생각으로 문제가 생길만한 것은 모두 안내를 했어야 했다. 하지만 그 때 나는 금액이 변동될 수 있고 지금 안내한 금액이 언제까지 유효한지에 대한 안내를 별도로 하지 않았기 때문에, 손님이 이렇게 떼를 쓰는 상황에서도 100% 거절을 하지 못했다. 그래서 반반 부담하기로 하고 수익에서 5만원을 할인해서 진행했던 기억이 있다.

물론 사전에 안내를 하지 않았더라도 지금의 나였다면 손님에게 상황을 잘 설명해서 설득했을 것이다. 당시에는 경험도 없고 손님이 화를 내니 무서워서 덜컥 손해를 보게 됐다.

01

대화로 알아가는 여행 실무 용어

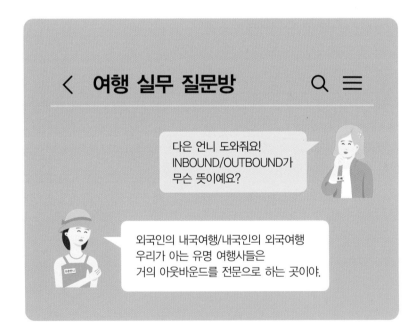

TICKET ONLY / ROOM ONLY?

'티켓반' / '룸만' 이라는 뜻으로 룸 온 리는 보통 조식이나 다른 여행상품을 포함하지 않고 오직 객실만 예약했을 때 사용하는 말이야.

VOID

당일 발권 항공권에 한해 내부 취소 처리 하는 것. 보이드 하면 과금 없이 결제사항 즉시 취소가 가능해.

FIT

'Free Independent tour' 의 줄임말로 자유여행을 뜻해.

랜드조인=현지조인

항공티켓을 보유하거나 현지에 있는 손님이 현지에서 단체 패키지여행 합류를 하는 경우를 말하는 것야.

풀패널티라는 뜻은?

예약금 결제와 동시에 전액 환불이 불가한 것, 보통 환불불가 항공권이나 출발임박 여행상품을 예약할 때 쓰는 용어야.

싱글차지

줄여서 '싱차'라고도 하는데 패키지 여행에서 룸을 혼자 사용할 때 내는 추가비용을 말하는 거야.

TRP/TWN

트리플(3인실)/트윈(2인실)

엑베

엑스트라베드의 약자로 2인1실에 1명이 추가로 잠을 잘 때 이용하는 간이 침대인데 다소 불편해.

드라이빙 가이드

운전을 하며 가이드역할을 하는 사람, 보통 소규모 행사일 때 인건비를 줄이기 위해 이렇게 행사를 하지.

연합 상품

여행사 1개가 단독으로 행사를 진행하지 않고 함께 힘을 합쳐 모객하기 위해 만든 상품이야.

가라네임

인디비 항공을 제외하고 패키지상품이나 지상 등 실제 영문 명단이 없을 때 좌석을 임의확보하기 위하여 가짜 이름을 넣을 때 사용하는 용어야.

마지막으로 가기팁은요?

가이드&기사팁을 줄여서 이렇게 부르곤 하지. 궁금한 것 있으면 언제든지 물어봐. ～

02

실무에 100% 도움 되는
코드 모음

Phonetic Alphabet

Alphabet	Phonetic Alphabet	발음
A	Alpha	알파
B	Bravo	브라보
C	Charlie	찰리
D	Delta	델타
E	Echo	에코
F	Father	파더
G	Golf	골프
H	Hotel	호텔
I	India	인디아
J	Juliet	줄리엣
K	Kilo	킬로
L	Lima	리마
M	Mike	마이크
N	November	노벰버

O	Oscar	오스카
P	Papa	파파
Q	Queen	퀸
R	Romeo	로미오
S	Smile	스마일
T	Tango	탱고
U	Uniform	유니폼
V	Victory	빅토리
W	Whiskey	위스키
X	X-ray	엑스레이
Y	Yankee	양키
Z	Zulu	주루

알파벳은 사람마다 발음의 차이가 있고 전화상으로 업무를 할 때 헷갈리기 쉽다. 그래서 여행업계에서는 원활하고 정확한 소통을 위해 포네틱 코드를 사용한다.

예를 들어 항공 PNR 번호로 이야기를 나눈다고 가정해보자. PNR번호가 'RYZSGE'라면 전화로 어떻게 발음하면 될까? '로미오, 양키, 주루, 스마일, 골프, 에코'가 된다.

숫자가 섞여있는 경우도 있다. 'JJX8T'는 '줄리엣, 줄리엣, 엑스레이, 숫자 8, 탱고'라고 하면 된다. PNR을 보고 바로 말할 수 있어야하기 때문에 알파벳을 보면 바로 툭 하고 튀어나올 만큼 익숙해질 때까지 연습하면 좋다.

Monthly Code

Monthly Code	
January	JAN
February	FEB
March	MAR
April	APR
May	MAY
June	JUN
July	JUL
August	AUG
September	SEP
October	OCT
November	NOV
December	DEC

CRS를 사용할 때 날짜 입력을 해야 하는데 이 때 위와 같은 축약 코드를 사용한다. 각 월별로 알파벳의 첫 3글자를 사용하기 때문에 외우기 쉽다.

또한 여권이나 비자, 다수의 업무 문서에 이 축약 코드를 사용하니 꼭 살펴보자.

주요 항공사 2 LETTER CODE

항공사 이름	2 LETTER CODE
Aeroflot Russian Airlines(아에로플로트 러시아 항공)	SU
Aeromexico(아에로 멕시코)	AM
Air Canada(에어 캐나다)	AC

Air China(중국국제항공)	CA
Air France(에어프랑스)	AF
Air India(에어인디아)	AI
Air New Zealand(에어뉴질랜드)	NZ
Alitalia(알리탈리아)	AZ
All Nippon Airways(일본ANA항공)	NH
American Airlines(아메리칸항공)	AA
Asiana Airlines(아시아나항공)	OZ
Austrian Airlines(오스트리아항공)	OS
British Airways(영국항공)	BA
Cathay Pacific(캐세이퍼시픽)	CX
Czech Airlines(체코항공)	OK
China Airlines(중화항공)	CI
China Eastern Airlines(중국동방항공)	MU
China Southern Airlines(중국남방항공)	CZ
Delta Air Lines(델타항공)	DL
Emirates(에미레이트 항공)	EK
Eva Air(에바항공)	BR
Finnair(핀에어)	AY
Garuda Indonesia(가루다 인도네시아)	GA
Japan Airlines(일본항공)	JL
KLM Royal Dutch Airlines(KLM 네덜란드 항공)	KL
Korean Air(대한항공)	KE
LOT – Polish Airlines(LOT 폴란드항공)	LO
Lufthansa(루프트한자 독일항공)	LH
Malaysia Airlines(말레이시아 항공)	MH
Qantas Airways(콴타스 항공)	QF
Qatar Airways(카타르 항공)	QR
Singapore Airlines(싱가포르 항공)	SQ
Thai Airways International(타이항공)	TG

Turkish Airlines(터키항공)	TK
United Airlines(유나이티드 항공)	UA
Vietnam Airlines(베트남 항공)	VN

　전 세계에 수많은 항공사들이 있지만 그 중 업무 볼 때 많이 보게 되는 대표항공사들만 정리해봤다. 신입직원들이 굳이 이걸 외워올 필요는 없지만 항공 업무를 할 때 효율이 높다.

주요 도시 3 LETTER CODE

나 라	도 시	공항코드
일본	TOKYO 도쿄 *	NRT(나리타), HND(하네다)
	OSAKA 오사카 *	KIX,(간사이) ITM(이타미)
	FUKUOKA 후쿠오카	FUK
	OKINAWA 오키나와	OKA
	SAPPORO 삿포로	CTS
중국	BEIJING 북경	PEK
	QINGDAO 청도=칭다오	TAO
	SHANGHAI 상해 *	PVG(푸동), SHA(홍차오)
	GUANGZHOU 광저우	CAN
	XIAN 서안	XIY
	HANGZHOU 항주	HGH
	SANYA 싼야=하이난	SYX
	SHENZHEN 심천	SZX
	WEIHAI 위해	WEH
태국	BANGKOK 방콕	BKK
	PHUKET 푸켓	HKT
싱가포르	SINGAPORE 싱가포르	SIN

홍콩	HONGKONG 홍콩	HKG
마카오	MACAU 마카오	MFM
인도	DELHI 델리	DEL
말레이시아	KUALA LUMPUR 쿠알라룸푸르	KUL
	KOTA KINABALU 코타키나발루	BKI
대만	TAIPEI 타이페이	TPE
	KAOSHIUNG 가오슝	KHH
필리핀	MANILA 마닐라	MNL
	CEBU 세부	CEB
	KALIBO 칼리보 보라카이	KLO
인도네시아	JAKARTA 자카르타	CGK
	BALI 발리	DPS
베트남	HO CHI MINH 호치민	SGN
	HANOI 하노이	HAN
캄보디아	SIEM REAP 씨엠립	REP
	PHNOM PEHN 프놈펜	PNH
괌(미국령)	GUAM 괌	GUM
사이판(미국령)	SAIPAN 사이판	SPN
호주	SYDNEY 시드니	SYD
	BRISBANE 브리즈번	BNE
	MELBOURNE 멜버른	MEL
	PERTH 퍼스	PER
	CAIRNS 케언스	CNS
뉴질랜드	AUCKAND 오클랜드	AKL
	CHRISTCHURCH크라이스트처치	CHC
러시아	VLADIVOSTOK 블라디보스톡	VVO
네덜란드	AMSTERDAM 암스테르담	AMS
독일	FRANKFURT 프랑크푸르트	FRA
	MUNICH 뮌헨	MUC
터키	ISTANBUL 이스탄불	IST

스페인	MADRID 마드리드	MAD
	BARCELONA 바르셀로나	BCN
스위스	ZURICH 취리히	ZRH
그리스	ATHENS 아테네	ATH
프랑스	PARIS 파리 *	CDG(샤를드골), ORY(올리)
이탈리아	ROME 로마	FCO

한 도시의 여러 공항이 있는 경우 복수 공항코드를 모두 외워야 한다. 예를 들어 서울에는 인천공항과 김포공항이 있는데 서울의 도시코드는 'SEL'이다. 항공을 조회할 때 인천(ICN), 김포(GMP) 공항 둘다 조회하고자 할 때는 'SEL'로 조회하면 되지만 지정을 원할 때는 'ICN' 또는 'GMP'로 조회를 해야 한다. 서울처럼 한 도시 내에 여러 공항이 있는 복수공항들을 표시(*)해두었으니 꼭 인지하자.

출장 중에도 커피 한 잔의 여유는 필요하다. in Hwaii

03

꼼꼼한 직원이 되는
마지막 필살기

비자가 필요한 주요도시

여느 날과 다를 것 없는 일과 중에 다급한 문의 전화를 받았다. 어머님이 위독하셔서 중국으로 급히 출국을 해야 한다는 가라앉은 목소리의 여자 손님이었다.

많은 이들이 알다시피 중국은 비행기 표만 있으면 뚝딱 갈 수 있는 그런 나라가 아니다. 우리나라의 슈퍼여권으로도 비자가 필요한 국가들이 있는데 그 중 가장 대표적인 곳이 중국이다. 가장 빨리 발급 받을 수 있는 비자도 오전에 맡겨 다음 날이 되어야 나오는 급행비자인데 그마저도 시간을 못 지키면 금액이 상당히 높아진다. 다행히 그 손님의 비자는 잘 발급이 되었고 다음 날 밤에 떠날 수 있었다.

이처럼 비자는 여행자가 해당 국가에 입국하기 위해 받는 허가, 사증인데 미처 모르고 공항에 갔다가 당황하는 손님이 꽤 많다.

특히 한국인이라면 무비자로 체류가 가능한 베트남이 한 달 내에 재입국 할 때에는 비자가 필요하다는 사실을 일반인이 어떻게 쉽게 알 수 있을까.

대한민국은 무비자가 대부분이지만 여행사 직원이라면 어떤 나라가 대표적으로 비자가 필요한지 알고 있어야한다. 단, 비자는 외교문제, 현지상황 등으로 인해 변동될 수 있으니 여행 시기에 맞춰 재확인을 하는 것이 좋다.

■ **중국** : 여행사가 다뤄야 할 비자 중에 제일 까다로운 곳이 중국이라고 생각한다.

비자 종류도 다양하고 준비해야 할 서류도 많다. 미성년자, 귀화자, 귀화자의 자녀, 새터민에게는 특히 까다로운 심사가 진행된다. 개인은 무조건 대사관 비자를 신청해야하고 일정 인원 이상은 온라인으로 별지비자 신청이 가능하다.

 다은 언니, 중국과 홍콩, 대만의 비자 규정이 달라요?

맞아. 중국 령에 속하는 대만, 홍콩은 무비자로 체류가 가능한데 중국 본토로 여행을 갈 때는 비자가 필요해. 만약 손님의 여정이 중국 본토로 입국을 했다가 대만이나 홍콩을 여행한 뒤 다시 중국 본토로 돌아갈 경우에는 총 2번의 비자가 필요하고 그에 맞는 비자 종류를 준비해야해.

■ **베트남** : 한국인의 경우 15일간 무비자로 체류가 가능하지만 15일 이상 체류할 예정이거나 베트남에서 출국한지 한 달 이내에 다시 입국을 하는 경우라면 비자가 필요하다.

■ **미국** : 미국을 입국 또는 경유할 때는 목적에 준하는 비자나 ESTA 라는 여행 허가 비자 면제 프로그램(Visa Waiver Programme)을 신청해야 한다.

곰, 사이판, 하와이는 한국인 출국률이 높은 미국령인데 하와이는 미국 본토와 마찬가지로 ESTA 발급이 필수이고, 곰과 사이판은 무비자 입국 또는 ESTA 신청 둘 다 가능하다.

■ **호주** : ETA 전자비자로 온라인 신청이 가능하다.

■ **캄보디아** : 비자가 필요하며, 사전비자 또는 도착비자로 준비

하면 된다.

■ 인도 : 비자가 필요하며, 사전비자 또는 도착비자로 준비하면
된다.

■ 캐나다 : ETA 전자비자를 받아야 한다. 캐나다를 경유하는 경
우에도 비자가 필요하다.
만약 육로를 통해 캐나다에 입국한다면 비자는 필요 없다.

■ 쿠바 : 도착비자로 30일간 체류 가능한 비자를 구매할 수 있다.

■ 볼리비아 : 사전비자를 신청해야하며 황열병 예방 접종 증명서
가 필요하다.

■ 이집트 : 비자가 필요하며, 사전비자 또는 도착비자로 준비하면
된다.

■ 몽골 : 사전비자를 신청해야한다.

■ 뉴질랜드 : 2019년도 10월부터 생긴 NZETA 전자비자는 '비자

비용+관광세'로 구성되며 모바일 어플과 온라인 신청이 가능하다.

무비자 국가에 대해서는 변동여지가 있기 때문에 따로 기재하지 않았다. 아래 외교부 비자 사이트에서 어렵지 않게 비자 필요여부를 확인할 수 있으니 참고하자.

♥ 외교부에서 제공하는 비자 정보 확인하기
http://www.0404.go.kr/consulate/visa.jsp

전 세계 인기 여행지 속 화폐단위 파헤치기!

	국가	통화 기호	3-Letter Code
아시아	일본	엔(¥)	JPY
	중국	위안(元)	CNY
	몽골	투그릭(₮)	MNT
	대만	신 타이완 달러 (NT$)	TWD
	홍콩	홍콩달러 (HK$)	HKD
	마카오	파타카(MOP$) ★HKD 홍콩달러 통용	MOP
	필리핀	페소(₱)	PHP
	태국	바트(฿)	THB
	싱가포르	싱가포르 달러(S$)	SGD
	베트남	동(₫)	VND
	캄보디아	리엘(៛) ★USD 미국달러 통용	KHR
	말레이시아	링깃(RM)	MYR
	인도네시아	루피아(Rp)	IDR

	라오스	낍(₭)	LAK
	미얀마	키얏(Ks)	MMK
	인도	루피(₹)	INR
	러시아	루블(₽)	RUB
아시아	우즈베키스탄	숨(лв)	UZS
	카자흐스탄	텐게 (лв)	KZT
	아제르바이잔	마나트(₼)	AZN
	조지아	라리(₾)	GEL
	아르메니아	드람(֏)	AMD

　베트남이나 말레이시아, 인도네시아는 한국에서 원화를 달러로, 현지에서 달러를 현지 통화로 이중환전을 하는 경우가 많다. 그 이유는 현지에서 큰 단위의 달러를 현지통화로 환전할 때 환율우대를 더 받을 수 있기 때문이다. 한국에서 미리 큰 단위의 달러를 환전 한 후 현지 공항 또는 시내 환전소를 이용해 재환전을 하면 된다. 환전할 금액이 크지 않다면 굳이 이중의 수고를 할 필요는 없다.

	국가	통화 기호	3-Letter Code
	호주	호주달러(A$)	AUD
	뉴질랜드	뉴질랜드 달러($NZ)	NZD
남태평양	괌, 사이판(미국령)	달러($)	USD
	팔라우	달러($)	USD
	피지	피지달러(F$)	FJD

	국가	통화 기호	3-Letter Code
아메리카	미국(하와이 포함)	달러($)	USD
	캐나다	캐나다달러(C$)	CAD
	멕시코	페소(Mex$)	MXN
	쿠바	페소(₱)	CUP
	브라질	리알(R$)	BRL
	칠레	페소($)	CLP
	아르헨티나	페소($)	ARS
	페루	솔(S/.)	PEN
	파라과이	과라니(Gs)	PYG
	우루과이	우루과이 페소(Ur$)	UYU

	유로(€) 사용 국가 EUR		
	그리스 네덜란드 독일 라트비아 리투아니아 룩셈부르크 모나코 몰타 바티칸 시티 벨기에 스페인 슬로베니아 슬로바키아 아일랜드 에스토니아 오스트리아 이탈리아 포루투갈 프랑스 핀란드		
	국가	**통화 기호**	**3-Letter Code**
유럽	영국	파운드(£)	GBP
	스위스	프랑(CHF)	CHF
	체코	코루나(Kč)	CZK
	헝가리	포린트(Ft)	HUF
	폴란드	즐로티(zł)	PLN
	크로아티아	쿠나(kn)	HRK
	불가리아	레프(лв)	BGN
	루마니아	레우(lei)	RON
	스웨덴	크로나(kr)	SEK
	덴마크	크로네(kr)	DKK
	노르웨이	크로네(Kr)	NOK
	터키	리라(₺,TL)	TRY
	이집트	파운드(£)	EGP

	국가	통화 기호	3-Letter Code
중동	아랍에미레이트	디르함(إ.د)	AED
	이스라엘	신 세켈(₪)	ILS
	요르단	디나르(ا.د)	JOD
	이란	리알(﷼)	IRR

■ 한국에서 쉽게 환전이 가능한 통화

미국달러 USD, 엔화 JPY, 유로 EUR, 위안 CNY, 파운드 GBP, 캐나다달러 CAD, 호주달러 AUD, 뉴질랜드 달러 NZD, 홍콩달러 HKD, 싱달러 SGD, 스위스 프랑 CHF, 태국 바트 THB, 필리핀 페소 PHP, 타이완 달러 TWD, 말레이시아 링깃 MYR, 베트남 동 VND.

이 외의 통화는 한국 시중 은행에서 해당국의 화폐보유량이 적거나 없는 경우가 많기 때문에 전 세계적으로 통용되는 미국달러를 현지에서 현지통화로 재환전하거나(유럽은 유로) 원화를 취급해주는 나라의 경우 현지에서 바로 원화를 현지통화로 환전하는 방법을 이용하면 된다.

다은 언니, 패키지 여행객들은 환전을 어떻게 해요?

나라마다 다르지만 패키지 여행객들은 기본적으로 미국달러를 기준 으로 준비하면 돼. 패키지에서 비용이 발생하는 가이드, 기사 팁이나 선택관광을 참여할 때도 다 미국달러를 기준으로하기 때문이야. 만약 환전이 필요하다면 가이드 도움을 받아서 현지통화로 환전하면 돼. 아참, 유럽은 유로가 기준이고, 일본은 엔화가 기준이야. 나머지 는 거의 미국달러로 환전한다고 보면 돼.

"여행사 취업, 전망이 어떤가요?"

이 글을 쓰고 있는 지금도 한국을 포함한 다수의 국가가 코로나 바이러스로 인한 몸살을 앓고 있습니다. 가장 큰 충격을 받은 것은 단연 여행업계였습니다. 여행사 뿐 아니라 항공사까지 직원들을 대상으로 무급휴직을 신청 받고 근무 시간을 단축해서 연봉을 삭감하는 등의 비상경영체제를 이어가고 있습니다. 직원들끼리는 취소 전화 받으러 출근한다는 말이 있을 정도로 이번 사태는 여행업계에 굉장히 큰 타격으로 다가왔습니다. 제가 거래하는 랜드사 동료도 현재 무급휴직을 앞두고 있으니 말이죠.

하지만 이번이 처음은 아니었습니다. 여행업계에는 상당히 많은 악재가 주기적으로 찾아옵니다. 태풍이나 지진 같은 자연재해, 테러, 외교적인 문제, 이번 코로나19 와 비슷한 바이러스까지 참 다양하기도 합니다. 하지만 이런 악재가 없더라도 누군가는 요즘 누가 패키지를 가느냐며 자유여행이 대세가 된 현재의 상황에 여행사가 설 곳에 대한 의문을 제기하기도 합니다.

모두 틀린 말은 아닙니다. 다 맞는 말이기에 업계 종사자로서 슬프기까지 합니다. 지금 취업을 준비하는 독자 분들께 이런 비관적인 이야기들을 전달하는 것이 마음이 무겁지만 이것이 우리의 현실입니다.

그럼 이렇게 질문할 수 있습니다. "그럼 여행사는 다 문을 닫게 될까요?" 저는 그렇게 생각하지 않습니다. 이번 사태로 많은 여행사가 위태로운 상황에 놓였지만 결국 어떤 여행사와 어떤 직원이 살아남을지는 모르는 일입니다. 여행업계에 종사하는 사람들의 자리가 줄어드는 것은 맞지만 지금 우리가 고민해야 할 것은 그 자리가 내 자리가 될 수 있느냐에 문제입니다.

여행업계가 변화의 바람이 필요한 것은 맞습니다. 패키지에서 자유여행으로 변해가는 시장변화와 고객의 니즈에 맞게 계속해서 발전된 상품들을 제시해야 합니다. 사람들은 앞으로도 여행을 계속 갈 것이고 그 변화를 잘 캐치하는 사람이 그 자리의 주인이 될 것이라고 생각합니다.

사실 이런 상황은 비단 여행업에만 해당되는 건 아닙니다. 어떤 직업은 없어지고 어떤 직업은 살아남습니다. 그럼에도 기계화되는 상황 속에서 저는 정통의 길을 믿습니다. 사람과 사람의 감정이 오가는 대화, 여행이라는 주제를 즐겁게 이야기 나눌 여행 코디네이터를 고객들은 기다립니다.

앞으로 지역을 개발해나가는 것은 한정적이지만 상대적으로 덜 알려진 남미, 아프리카 같은 대륙을 집중적으로 탐구하고 최근 뜨는 여행 트렌드인 크루즈 시장을 공부해보는 것도 좋은 방향입니다. 동남아 패키지를 잘 파는 사람은 엄청 많지만 아프리카를 잘 파는 사람, 크루즈 여행을 잘 파는 사람은 드뭅니다. 여러분이 이런 틈새시장을 지금부터라도 공략해 나간다면 분명 좋은 결실을 맺을 수 있을 거라고 생각합니다.

만약 실무를 하다가 어려운 부분이 있으시다면 제가 운영하는 네이버 블로그 http://blog.naver.com/7460646 [여행사OP] 카테고리 포스팅에 질문을 달아주셔도 좋습니다. 제가 아는 한 성심성의껏 답변을 달아드릴게요.

끝으로 이 책에 도움을 주신 많은 분들께 감사의 말씀을 전하고 싶습니다. 집에서 노트북만 두드리고 있는 딸에게 맛있는 밥을 차려주시고 용기를 주신 엄마, 아빠 그리고 아닌 척 하면서 나에게 관심 많은 동생 김영오. 거침없이 조언을 아끼지 않고 책의 방향을 잡는데 도움을 준 남자친구, 실무에서 더 넓은 시야와 정보를 얻게 해준 동료 유재희, 김민경, 최민우 고맙습니다. 그리고 제가 강의를 하고 책을 쓸 수 있도록 용기를 갖게 해주신 윤정언니와 조환성 대표님께 깊이 감사의 말씀을 드립니다. 덕분에 제 앞에 많은 가능성과 넓은 세상이 열렸습니다.

이 책을 탈고하며

저 또한 많은 공부가 되었습니다.
나중에는 여러분에게 제가 배울 수 있는
날이 오기를 바라면서
같이 성장하며 여행업계의 밝은 미래를
이끌어 나갔으면 좋겠습니다.